Heidi Moor-Blank

„Natürlicher Tod - ausgeschlossen"

13 Kurzkrimis von heiter bis makaber

© 2011 Books by „www.heidi-moor-blank.de"
„Natürlicher Tod - ausgeschlossen"
Umschlaggestaltung: Anne Tutzschke
Satz: Anne Tutzschke
Lektorat: Christine Ehmer
Alle Rechte vorbehalten
Herstellung und Verlag:
Books on Demand GmbH, Norderstedt
ISBN 978-3-8391-1373-8

Inhalt

* Co-Autor: Andreas Werle
** Autor: Thomas Blank

Vorwort

Durch die Beteiligung bei einigen Ausschreibungen zu Krimi-Anthologien entstanden im Laufe der Jahre einige Krimi-Kurzgeschichten.

Ich habe die schönsten für Sie ausgesucht.

Manche wurden bereits veröffentlicht, andere habe ich aus der Schublade hervorgekramt.

Ich bedanke mich bei den Verlagen, die den erneuten Abdruck erlaubten, bei Anne und Christine, die mich bei Drucksatz und Lektorat optimal unterstützten und bei meinen Kindern Susanne und Thomas, die bei vielen Geschichten als Testleser oder Rechercheur herhalten mussten und gnadenlos waren in ihrem Urteil.

Alle Geschichten sind frei erfunden.

Übereinstimmungen mit noch lebenden Personen sind rein zufällig.

Wenn Sie sich in einer Geschichte wiederfinden, ist das alleine Ihrer Phantasie zuzuschreiben.

Todesbuch

Ich werde diese Radtour heute als Witwe beenden.

Dieser Satz in meinem Tagebuch gab mir Kraft. Ich hatte den Punkt an seinem Ende mit fast nicht mehr gekanntem Eifer und Vehemenz gesetzt. Diese Ehe zog mich so runter. War so deprimierend, anstrengend, kraftraubend.

Nach außen waren wir eine Bilderbuchfamilie. Vater, Mutter, Sohn, Tochter, Hund. Perfekt. Die Kämpfe sah niemand. Die spielten sich innen ab. Innerhalb der vier Wände, innerhalb der Seele. Auch die Verletzungen waren nicht außerhalb. Keine sichtbaren Blutergüsse. Keine körperlichen Übergriffe.Verbale Verletzungen. Bemerkungen, Sticheleien, Bosheiten, Schweigen. Tagelang, wochenlang.

Zuerst war nur das Tagebuch mein Ventil. Irgendwann sprach ich auch mit meiner Freundin über meine Verzweiflung. Sie hörte mir zu, gab mir Rat, litt mit mir.

Eines Tages saßen wir in ihrer Küche, ich den Tränen nah, sie unsicher in all ihrer Hilflosigkeit. „Schade, dass ihr gerade wieder solchen Stress miteinander habt. Ich hatte gehofft, wir könnten auf einen Abstecher bei euch vorbei fahren, die Himbeeren ernten und Marmelade kochen."

Mein Blick hob sich ganz langsam.

„Auf einen Abstecher.. ja. Das wäre die Lösung ..." Mein Mund verzog sich automatisch zu einem breiten Grinsen, in meinem Bauch begann es zu gluckern, ein Gurgeln tanzte in meiner Kehle, dann platzte lautes Lachen aus mir heraus.

Ihr ging es genau so. Das Lachen wischte alle trüben Gedanken weg. Wir kicherten, grölten, glucksten minutenlang.

Kaum war es möglich, wieder ein verständliches Wort zu sagen, kam nur „ein Abstecher!" - und das Ganze ging von vorne los. Irgendwann hielten wir völlig erschöpft inne. Wir sahen uns an und wussten beide, dass dieser Moment alles ändern würde. Von diesem Tag an planten wir den Mord.

Wir sammelten Mordmethoden. Wägten ab, recherchierten, verwarfen und selektierten.

„Der beste Mord ist der, der nicht wie einer aussieht! Gift wird nachgewiesen, Blut wird in winzigsten Mengen aufgespürt, DNA-Analysen überführen jeden!" „Na ja.. DNA – das ist doch ganz natürlich. Immerhin ist er mein Mann." „Schon. Aber als Ehefrau bist du sowieso die Hauptverdächtige. Das bedeutet: sorgfältigste Planung!" Eine besondere Samenart aus Indien, die aussah wie schwarzer Pfeffer, war die nächste Idee, die sie anschleppte. „Hochgiftig! Zwei davon in die Pfeffermühle – reicht!"

Beim nächsten Telefonat, als ich ihr wieder mal mein Leid klagte, meinte sie nur lapidar: „Brat ihm doch mal ein nettes Pfeffersteak!" Sofort schwang meine depressive Stimmung in beste Laune um und wir blödelten weiter am Telefon über mögliche und unmögliche Mordmethoden.

Ich wurde zur absoluten Fachfrau auf dem Gebiet. Und begann, meine Ideen in mein Tagebuch zu schreiben. Ich notierte solche Dinge wie die Erkennungsmerkmale des Knollenblätterpilzes und notierte auch meinen ersten Fund. Ich hatte zuerst die größten Hemmungen, ihn wirklich mitzunehmen, schnitt ihn dann aber doch völlig kaltblütig über der Knolle ab, um seine Bestimmung zu erschweren.

Ich wusste, dass die Champignons, die mein Mann gestern gesammelt und heute Abend für eine leckere Pilzsoße putzen würde, eben nicht reinweiß waren, sondern rosa bis hellbraune Lamellen besaßen. Er würde den tödlich giftigen Pilz garantiert entdecken und aussortieren.

Unterwegs warf ich den Pilz mit weitem Schwung in eine Wiese. Wir waren schließlich vier Esser am Tisch. Zu gefährlich.

Ich las im Internet über die Wirkungsweise von Arsen und Zyankali und hatte keine Ahnung, wie man an solche gefährlichen Gifte ran kam. Ich druckte Informationen aus und klebte sie in mein Tagebuch. Jede Seite, die sich füllte, hob meine Stimmung. Ich konnte Bernds Launen plötzlich viel entspannter ertragen, weil mir dieses Buch neue Kraft gab. Das Gefühl gab, jederzeit alle Qualen beenden zu können.

„Manchmal reicht es auch schon, sich Situationen immer und immer wieder vorzustellen, dann werden sie plötzlich wahr!", hatte meine Freundin erst letzte Woche beim Kaffeeklatsch auf der Terrasse doziert.„Ja, ja...", murmelte ich betreten und nahm mir fest vor, das Bild meines Ehemannes, über den Hund und die dahinter beginnende Kellertreppe hinunter stolpernd, um mit gebrochenem Genick und gebrochenem Blick direkt vor der Tiefkühltruhe zu enden, wohl besser aus meinem Hirn zu verbannen. Ich würde sonst nie wieder mit gutem Gefühl eine

Pizza aus dem Keller holen können.

Krimis wurden meine Leidenschaft und mein Todes- und Tagebuch füllte sich Seite um Seite.

Ich sollte die Kabel der Starkstromleitung blank legen – beim nächsten Benutzen der Drehbank...!! , stand zum Beispiel auf Seite 127.

Heute war ich nah dran, das Pfeffersteak für ihn zu braten... , auf Seite 142.

Dass ich weder eine Ahnung hatte, wie man ein Kabel präparierte, ohne sich selbst über den Jordan zu befördern, noch irgendwelche indischen Giftkörner besaß, war egal. Das Planen und Aufschreiben befreite mich, machte mich fröhlich und stark.

Heute war ich auf Seite 159 angekommen und beschrieb gerade die Stelle, an der ich ihn vom Radweg aus vor den vorbeifahrenden Zug auf der Bahnstrecke Marburg- Biedenkopf schubsen würde, als ich hörte, wie er aus dem Schlafzimmer kam und ins Bad ging. Zeit, das Frühstück zu machen.

Der Radweg von Frankenberg über Wetter nach Marburg verlief zuerst an einem Nebenflüsschen entlang bis nach Sarnau. Dort mündete die Wetschaft in die Lahn und der Radweg nutzte zur Überquerung des dort noch ziemlich schmalen Flüsschens die Eisenbahnbrücke.

Ich mochte diese Brücke nicht. Sie war schmal und der knappe Meter, der für den Radweg ausgewiesen war, war nur durch einen rostigen Maschendrahtzaun von den Gleisen getrennt. Die Züge fuhren zwar langsam an dieser Stelle, aber trotzdem machten mich der Fahrtwind, das laute Rattern und die direkte Nähe des Zuges sehr unsicher, wenn wir uns auf der Brücke begegneten. Ich kannte inzwischen den Fahrplan auswendig, um das zu vermeiden.

Ich hatte mir auf Seite 158 den Spaß erlaubt, auch die Zeiten zu notieren, wann Züge über die Brücke rollten. Und auch die Stelle erwähnt, an der der Zaun schon seit Jahren kaputt war.

Es war ein heißer Tag und wir rasteten ganz in der Nähe der Brücke am Ufer der Lahn, packten die Decke und den Rucksack aus und plantschten mit nackten Füßen im kühlen Wasser des steinigen Flussbetts.

Bernd machte ein Mittagsschläfchen im Schatten und ich hatte die Uhr stets im Blick. Den Zug, der 14.24 den Hauptbahnhof Marburg verließ und fast pünktlich um halb drei auf der Brücke sein würde wollte ich noch abwarten, vor dem nächsten um halb fünf wollte ich längst in Marburg angekommen sein. Ich wusste, dass ich die Panik, einem Zug auf der Brücke zu begegnen, an die Kinder übertragen hatte.

Das Rattern auf den Geleisen um halb drei war pünktlich. „Weckt den Papa mal auf, wir wollen weiter."

Gemächlich packte ich unsere Sachen zusammen und schnallte den Rucksack auf meinen Gepäckträger.

Bernd stieg nie ab.

Ihn störte es nicht, dass der Radweg so schrecklich schmal war. Ich schob mein Rad jedes Mal, auch wenn mich seine hämischen Bemerkungen darüber immer wieder verletzten.

Andreas, unser Jüngster, blieb heute hartnäckig hinter seinem Vater. Stieg nicht ab, wollte nicht schieben, wollte ihm zeigen, wie mutig er war. Er fuhr zu langsam, um wirklich gut das Gleichgewicht halten zu können und schaffte es einige Male nur knapp, nicht zu stürzen.

Das beginnende leise Singen der Geleise irritierte mich. Es gab jetzt keinen Zug auf dem Fahrplan, das wusste ich. Und doch wurde das Geräusch lauter und lauter.

„Bernd! Ein Zug! Warte auf den Kleinen!" schrie ich. Bernd hatte die Mitte der Brücke schon längst hinter sich gelassen und war knapp vor der Stelle, an der der Maschendrahtzaun kaputt war. Er wandte sich um, sah Andreas mit völlig verängstigtem, starr auf die schmale Fahrspur gerichtetem Blick hinter ihm her radeln, und bremste zu scharf ab.

Als das Vorderrad sich quer stellte und sich im Brückengeländer verkantete, riss es ihm die Hände vom Lenker, sein Oberkörper hing für einen kurzen Moment weit über dem Geländer, dann stürzte er kopfüber in das nicht mal knietiefe Wasser.

Das Geräusch seiner brechenden Schädeldecke wurde durch das laute Rattern des außerplanmäßigen Güterzuges übertönt.

Die Befragungen durch die Polizei waren mitfühlend und zurückhaltend. Die Beamten mussten sich auf meine Aussage verlassen, denn der Führer des Güterzuges hatte die Unglücksstelle zum Zeitpunkt des Sturzes schon passiert. Weitere Zeugen gab es nicht.

Ich weiß bis heute nicht, wie plötzlich mein Tagebuch und ein Kriminalkommissar ins Spiel kamen und ich von der trauernden Witwe zur Hauptverdächtigen in einem Mordprozess wurde.

Ich werde das Mienenspiel des Kommissars nie vergessen, als er das Tagebuch verlangte und begann, darin zu blättern.

Beim letzten Satz stockte er und schaute mich dann lange an. Sein Blick zeigte Unglaube und beginnendes Entsetzen.

Ich werde diese Radtour heute als Witwe beenden.

Ich habe ein neues Tagebuch begonnen.

Das alte war das wichtigste Beweismittel im Mordprozess gewesen und ich bekam es nie zurück.

Ich hatte keinen Rechtsanwalt gefunden, der mich verteidigen wollte. Die Beweise waren zu erdrückend und der Pflichtverteidiger erledigte seine Arbeit auch entsprechend lustlos und ohne wirkliche Hoffnung.

Warum auch.

Er hatte mich bei seinem Besuch nur abschätzend angesehen und gar nicht erst versucht, seine Verachtung zu verbergen.

Ich hatte mit meinen Erklärungsversuchen längst aufgehört. Dass diese Gedanken in meinem Tagebuch mir nur durch das Niederschreiben Kraft gaben und nichts mit realen Plänen zu tun hatten, wer sollte mir das glauben?

Der Brief an meine Freundin ist unbeantwortet geblieben. Ein bisschen kann ich es verstehen.

Ich schreibe den eintönigen Tagesablauf im Frauengefängnis in mein Tagebuch. Es gibt mir auch hier Kraft und positive Stimmung, wenn ich nach ungerechter und demütigender Behandlung durch die Direktorin oder einer der Schließerinnen eintragen kann, wie sie zu Tode kommen würde.

Ich weiß, dass das Tagebuch gelesen wird. Es amüsiert mich, dass ich die Angespanntheit der Beamtinnen fühlen kann, wenn sie mich zu meinem Arbeitsplatz bringen. Dass ich die Einzige bin, die sich nur mit Handschellen außerhalb ihrer Zelle bewegen darf.

Seit gestern gehe ich nicht mehr zur Arbeit. Ich wurde verlegt in einen besonderen Trakt. Und meine Hand muss erst verheilen.

Ich weiß auch nicht genau, wie es passieren konnte. Wer auf der Treppe zuerst ins Straucheln kam – die Beamtin oder ich. Wie die Kette, mit der sie ihre Trillerpfeife um den Hals hängen hatte, sich so unglücklich mit der Kette, die meine Handschellen miteinander verband, verheddern konnte, dass ich sie beim Fallen strangulierte und am Fußende der Treppe mit gebrochenem Handgelenk auf einer Leiche aufschlug.

Ich habe jetzt viel Zeit.

Ich habe begonnen, meine vielen Mordmethoden, die ich all die Jahre gesammelt habe, in Kurzgeschichten zu verwenden.

Diese Geschichten werden in Anthologien abgedruckt. Wie in dieser hier.

Mea Culpa

Lina wuchtete den vollen Putzeimer direkt in den Mittelgang und feudelte leise summend in Richtung Seitenschiff. Die Vorfreude ließ ihr hochrotes Gesicht glänzen und sie schielte heimlich nach Margarete, die bereits im linken Seitenschiff angekommen war. Nie würde sie zugeben, dass es an jedem Samstag vor einem wichtigen Hochamt zu einem verbissenen Wettkampf kam. Siegerin war, wer als Erste mit dem Schrubber an den Stufen zum Hochaltar anschlug.

Sie umwedelte den Beichtstuhl und knallte in ihrer Eile einige Male recht unsanft an die Fußleisten aus dunklem Holz. Doch die harte Eiche nahm ihr das nicht krumm.

Das leise Klackern des Holzkeils, den sie dabei aus seiner Fixierung gerissen hatte, nahm Lina nicht wahr. Immerhin brachten ihr die resoluten Bewegungen knapp drei Plattenreihen Vorsprung und aus ihrem Summen wurde leises Singen: „Großer Gohoott, wir lohooben dich..“

Bekümmert kniete er vor dem großen Holzkreuz und blickte unschlüssig zu dem grob geschnitzten Kopf unter der Dornenkrone empor.

„Hilf mir...“, flüsterte er leise. „Ich schaff' das nicht! Diese Kirche, bis zum letzten Platz gefüllt, alle starren mich an und ... wenn ich dann das Gloria singen muss und die Kinder stoßen sich feixend gegenseitig die Ellenbogen in die Rippen...“

Seufzend hielt er inne und schaute betrübt zu Boden. Müde stand er auf und schritt langsam den Mittelgang entlang, den Blick zur Empore mit der prachtvollen Orgel gerichtet.

Dann schweiften seine Augen ab zu dem Beichtstuhl zu seiner Linken. Er wusste, dass sein Lampenfieber nur mit EINER Medizin zu bekämpfen war.

Er fühlte sich so schwach. So alleine gelassen mit der Aufgabe, vor der Festgemeinde die Messen der Osterfeiertage zu lesen. Er hatte es doch immer gehasst, im Mittelpunkt zu stehen. Er hätte dieser Berufung nie folgen dürfen.

Er war kein guter Pfarrer.

Er hatte den Mittelgang schon längst verlassen und stand vor dem alten Beichtstuhl. Zaghaft streckte er die Hand aus, packte mit zwei Fingern den Knauf und zog daran.

Die Tür klemmte.

In all den Jahren hatten sich die Bänder und Scharniere verzogen und die Tür schleifte hart und mit einem grellen Ächzen über den Eicheboden, als er mit beiden Händen heftig an der Klinke riss. Erschöpft ließ er sich auf den Stuhl fallen, zog die Tür nur leicht zu sich heran und tastete dann vorsichtig nach der Flasche in der Ecke. Erleichterung rann ihm hochprozentig die Kehle hinab – die Angst ließ endlich nach.

Aufgeregt tuschelnd und schwätzend kamen die Erstkommunionkinder durch die Seitentür in die Kirche. Lina und Margarete hatten ihr Finish unentschieden beendet und marschierten mit ihren Putzeimern in den Seitenraum der Sakristei.

Pünktlich zur ersten Beichte der aufgeregten Schar

waren sie fertig geworden und würden sich jetzt dem aufwändigen Blumenschmuck der Kirche widmen. Lina wählte diesen Zeitpunkt jedes Jahr, weil es sie rührte, den kleinen Menschlein zuzusehen, wie sie zuerst ängstlich im Beichtstuhl verschwanden, um bald darauf sichtlich befreit wieder aufzutauchen und mit ernsthafter Reue ihr Bußgebet zu sprechen.

Sie hatte den Pfarrer heute noch nicht gesehen und wunderte sich, dass es bereits fünf Minuten über der Zeit war und er dem ersten Kind noch kein Zeichen gegeben hatte. Überraschend flink für ihren voluminösen Körper eilte sie zum Beichtstuhl, warf einen flüchtigen Blick in die Ritze zwischen Rahmen und Vorhang und winkte den rothaarigen Jungen ganz außen in der Bank zu sich, als sie schwarze Schuhe unter schwarzer Soutane hatte erkennen können.

„Geh rein!", flüsterte sie ihm zu. „Ihr habt es doch im Kommunionunterricht geübt! Und alle betet ihr dann zwei Vaterunser, falls der Herr Pfarrer vergisst, euch was aufzutragen."

Lina wusste, was los war. Und sie würde gleich nach der Beichte die Kirche verlassen, um den Herrn Pfarrer nicht in Verlegenheit zu bringen.

Lautes Klopfen und Hämmern weckte ihn auf. Er wusste nicht sofort, wo er war, aber die lila Vorhänge um ihn herum und die leere Flasche in seiner Hand ließen die Erinnerung hochsteigen. Er hatte es wieder nicht geschafft, zu widersagen. Das Hämmern war dieses Mal überall, lauter als je zuvor, ließ den gesamten Beichtstuhl erzittern, sprengte fast seinen

Kopf, und er sank verzweifelt noch tiefer in sich zusammen.

Die Sonne hatte an diesem feierlichen Tag der Erstkommunion ein Einsehen und ließ ihre Strahlen über die festlich gekleideten Angehörigen gleiten. Sie bildeten ein Spalier vor dem Kirchenportal für die Kinder, die ernsthaft und stolz auf die riesigen Kerzen in ihren Händen schielten. Der Vorsitzende des Pfarrgemeinderates schritt ihnen voran, unsicher blinzelte sein Blick über die Reihen der Festgäste. Hatte er tatsächlich die Kinder im Gemeindehaus abholen sollen? Die Planung war in der Vorbesprechung so oft geändert worden, dass er absolut nicht wusste, ob er zur richtigen Zeit am richtigen Ort war. Der Pfarrer sollte doch, oder nicht? Oder wartete der am Hochaltar? Oder kam er erst nach dem Orgel-Einzug aus der Sakristei?

Seine Schritte wurden strammer und er wischte sich mit einem riesigen Taschentuch über die schweißbedeckte Stirnglatze. Erleichtert ließ er sich auf seinen Platz fallen, als er die Kinder endlich an den reservierten Kirchenbänken abgeliefert hatte.

Jetzt war er aus der Schusslinie, sein Part war erfüllt.

Auf der anderen Seite des Mittelganges saß Lina in ihrem grau-glänzenden Kostüm, das jedes Jahr strammer über ihren Brüsten spannte. Sie zuckte gerade mit den Schultern, die Handflächen nach oben gekehrt und schüttelte kaum merklich den Kopf in stummer Zwiesprache mit dem Küster, der seitlich vom Hochaltar im Durchgang zur Sakristei stand und versuchte, ihr unauffällig Zeichen zu geben.

Als er endlich zu sich kam, war es stockdunkel um ihn herum. Es musste nach Mitternacht sein, denn noch nicht einmal der Schein der Straßenlaternen fiel auf die dunklen Reihen der Kirchenbänke. Sein Schädel brummte, aber immerhin konnte er wieder einigermaßen klar denken. Sämtliche Knochen taten ihm weh von dem verkrümmten Kauern auf diesem unbequemen Stuhl. Ächzend rappelte er sich auf. Hinter seinem Schädelbein wummerte eine Armee Presslufthämmer und er riss beide Hände an seine Schläfen. Im gleichen Moment fuhr ihm ein Stich in die Herzgegend, der ihn stöhnend wieder auf den Stuhl sinken ließ.

Japsend rang er nach Luft und presste beide Hände auf seine Brust.

Mit dem linken Fuß gab er der Tür einen leichten Schubs. Er brauchte Luft, musste nach draußen!

Die Tür klemmte.

„Der Herr Pfarrer ist immer noch nicht da!" Der Küster stand aufgeregt im Mittelgang und wusste nicht, bei wem sein Problem besser aufgehoben war, beim Vorsitzenden des Pfarrgemeinderates oder bei Lina, der guten Seele der Kirche. Unschlüssig drehte er sich ständig um die eigene Achse, auf ein Zeichen wartend, wem er diese Riesenverantwortung auf die Schultern packen konnte. Die Kommunionkinder rutschten schon ungeduldig auf ihren Bänken hin und her und die Festgäste begannen zu tuscheln.

„Lauf rauf zur Orgel, der soll das Dings spielen,

dieses lange vom Herrn Bach, ich lauf und such den Herrn Pfarrer!"

Erleichtert nickte der Küster Lina zu und verschwand Richtung Empore, um seinen Auftrag auszuführen.

Auch heftigste Tritte und wildes Rütteln am Knauf halfen nicht. Die Tür bewegte sich keinen Millimeter. Sein Herz raste und die Zunge klebte ihm am Gaumen. Er hatte schrecklichen Durst, wie immer, wenn der Kater zugeschlagen hatte. Trotz des scheibenlosen Holzgitters im Rahmen des Beichtstuhles hatte er das Gefühl, zu ersticken.

Lina ging mit gemessenem Schritt auf den Seitenausgang zu. Erst draußen würde sie loslaufen, um die Kinder und die Gäste nicht zu verunsichern. Kurz zuckte sie zusammen, als die ersten rauschenden Töne von Bachs Toccata das gesamte Kirchenschiff erzittern ließen.

Den Blick fest auf den Beichtstuhl gerichtet, zählte sie die Schritte. Als dessen Türe ganz langsam aufschwang, dachte sie noch: „die quietscht ja gar nicht mehr!", dann sank sie ohnmächtig auf die Bodenfliesen.

Kommissar Pfeffer warf nur einen kurzen Blick auf die Leiche im Beichtstuhl, dann schob er langsam die Tür mit der Fußspitze zu. „Spurensicherung", murmelte er leise und wusste, dass der Trupp bereits unterwegs war.

Der kleine Holzkeil, der direkt neben seiner Schuhsohle lag, würde ihm prächtige Dienste tun, wenn er morgens seine Zeitung aus dem Briefkasten holte. Schon zweimal hatte er sich dabei ausgesperrt. Er bückte sich und hielt im letzten Moment inne, zog ein Taschentuch aus der Jacke, wickelte den Keil darin ein und steckte ihn in die Tasche. Sein Verbrauch an Papier-Taschentüchern war zur Zeit enorm, wie jedes Jahr hatte an den ersten warmen Tagen die Frühjahrsgrippe zugeschlagen.

Lina stand neben ihm und unterdrückte mühsam ihr Schluchzen.

„Gestern", presste sie hervor, „bei der Erstbeichte der Kinder. Das ist immer am Samstag vor dem Weißen Sonntag!"

„Hat ihn später noch mal jemand gesehen?", schob er seine nächste Frage gleich hinterher.

„Ich.. ich weiß es nicht. Keiner wusste was heute morgen. So ein Durcheinander hatten wir noch nie bei der Erstkommunion!"

Ein rothaariger Junge im schwarzen Anzug hatte sich vorsichtig an der Kirchenbank entlang geschoben und versuchte, einen Blick durch das Holzgitter auf den toten Pfarrer zu erhaschen.

„Tu das besser nicht", warnte ihn Pfeffer, „das ist kein schöner Anblick. Aber sag mal, du bist doch eines der Kommunionkinder. Was hat dir der Pfarrer denn als Buße aufgegeben, gestern, bei der Beichte?"

Trotzig schaute ihm der Junge in die Augen. „Zwei Vater Unser", stieß er hervor, drehte sich um und rannte fast gegen Doktor Müllerkorn, der sich gerade die dünnen Handschuhe überziehen wollte. „Mord?", fragte er knapp und wies mit dem Kinn auf den Beichtstuhl.

Pfeffer schüttelte den Kopf. „Auf den ersten Blick keine Anzeichen, auf den zweiten auch nicht – kein Blut, keine Tatwaffe. Der Tote saß da und es traf ihn der Schlag. So sieht es aus. Von dir will ich wissen, ob das stimmt und wann das war!"

Müllerkorn nickte und öffnete die Tür.

Er beugte sich vor und stutzte. Er war in grober Schätzung von einem Todeszeitpunkt in der vergangenen Nacht ausgegangen und hatte Gliedmaßen in Leichenstarre erwartet. Die Hände des Pfarrers lagen ganz entspannt und schlaff in seinem Schoß.

Als er die linke vorsichtig anhob, sog er zischend die Luft zwischen den Zähnen ein.

„Doch dein Job", murmelte er über seine Schulter in Richtung Pfeffer. „Sieh dir das an!"

Blutige Schrunden, abgebrochene Fingernägel und kleinste Holzsplitter in den Fingerkuppen zeugten von verzweifelten Befreiungsversuchen.

Die Spurensicherung hatte ihre Arbeit beendet und die Leiche war abtransportiert worden. Nachdenklich gab Pfeffer der Tür des Beichtstuhls einen leichten Schubs. Sie hatte kein Schloss, war nur angelehnt. Als er sachte mit dem Zeigefinger den Knauf berührte, schwang sie langsam wieder auf. Sein Blick glitt hoch zur Orgel und dann zu Lina, die in einer Kirchenbank kniete und mit geschlossenen Augen ein Gebet sprach. Als sie aufstand, eilte er zu ihr.

„Entschuldigung – die Tür – sie schwang einfach so auf, sagen Sie?"

Lina nickte. „Und dabei geht das gar nicht. Sie schrappt seit Jahren über den Fußboden. Hängt nämlich schief in den Angeln, wissen Sie?"

Pfeffer nickte, fingerte ein neues Taschentuch aus seiner Jacke und putzte sich die verstopfte Nase.

„Aha..."

Der kleine Holzkeil in seiner Jackentasche, an den er dabei erinnert wurde, würde zunächst nicht dafür sorgen können, dass seine Haustür nicht im falschen Moment hinter ihm zu fiel. Der musste sofort zur Spurensicherung.

Lina sah ihn unsicher an. „Kann ich denn jetzt ... ?"

„Sie haben den Herrn Pfarrer gestern Nachmittag zuletzt gesehen." Er sah sie fragend an.

Lina stockte und überlegte. „Ja, als die Kinder zum ersten Mal zur Beichte gingen."

„Und als er dem kleinen Rothaarigen die zwei Vaterunser aufgab, nicht?"

„Hmm..", Lina zwirbelte ihr Taschentuch mit beiden Händen. „ICH habe den Kindern gesagt, dass jeder zwei Vaterunser beten soll. Der Herr Pfarrer ... – also... der Herr Pfarrer – manchmal macht er halt ein Schläfchen im Beichtstuhl. Und das wissen alle, die zur Beichte gehen. Das macht auch keinem was aus, es redet sich leichter, wenn man weiß, dass … Sie wissen schon .."

Lina schaute verlegen zu Boden.

Pfeffer nickte verständnisvoll, obwohl er evangelisch war und nicht genau wusste, wovon sie eigentlich sprach.

„Wie heißt der Junge?", fragte er beiläufig, während er sich prüfend vor den Beichtstuhl kniete und die Unterkante der Tür und die Scharniere in Augenschein nahm. „Und der Organist – kann der vielleicht noch mal kommen und dieses Lied spielen?"

Lina nickte und steckte eilig das zerknitterte Taschentuch in ihre Handtasche. „Mike heißt er. Mike Köhler. Und den Organist, den hol ich schnell, der wohnt nicht weit!"

Entschlossen schritt sie zum Mittelgang, wandte sich kurz zum Altar hin, machte eine tiefe Kniebeuge und schlug das Kreuzzeichen über ihrer Brust. Als die Tränen wieder in ihre Augen schossen, drehte sie sich rasch um und lief zwischen den Kirchenbänken entlang zum Hauptportal.

Pfeffer konnte aus den Augenwinkeln beobachten, dass Mike sich immer noch in der letzten Bank herumdrückte. Ganz beiläufig sagte er: „Kannst du mal kommen? Ich brauche Hilfe." Mike schlenderte langsam auf ihn zu und sein misstrauischer Blick hielt sich an Pfeffers Augen fest.

„Was?", fragte er, als er vor dem Kommissar stehen blieb.

„Ich setz mich jetzt auf den Stuhl vom Herrn Pfarrer und du kniest dich da rein, genau so wie gestern bei der Beichte. Und du sagst mir, was du von mir erkennen kannst."

Mike schüttelte langsam den Kopf.

„Nein, das mach ich nicht. Da drin stinkt's. Das war gestern schon so." Er verzog angewidert den Mund und ging drei Schritte rückwärts.

„Und außerdem ... muss ich nach Hause!", stieß er dann hervor, drehte sich um und lief davon.

Pfeffer versuchte, durch die verstopfte Nase einzuatmen, aber es klappte nicht. Er roch überhaupt nichts.

Lina schickte den Organisten auf die Empore und kam auf den Kommissar zu. Immer wieder schüttelte sie betrübt den Kopf. „Der Ärger.. der Ärger hat ihm so zu schaffen gemacht."

„Welcher Ärger denn?" half Pfeffer nach, als sie stockte.

„Er war ein guter Pfarrer, hilfsbereit und verständnisvoll und für jeden da, der ihn brauchte. Aber er hat nie gerne Messen gelesen. Lampenfieber, wissen Sie? Und wenn die Kirche voll war, so wie heute, da hat es ihm immer gegraut!"

„Hätt' er sich nicht vertreten lassen können an so hohen Feiertagen?"

Lina winkte ab. „Es gibt doch zu wenig Pfarrer. Einen Kaplan hat's, im Nachbarort, der hat zu Ostern die Messen gehalten."

„Aha..", Pfeffer nickte. „Wegen dem Lampenfieber."

„Nein, der Herr Pfarrer hatte Urlaub genommen. Ab Karfreitag. Aber..." Lina senkte die Stimme und kam näher an Pfeffers Ohr. „..der Bischof hat ihn abgelehnt. ‚Ausgerechnet zu Ostern – dem Fest der Auferstehung!' hat er gemeint. Und hat's nicht genehmigt. Der Herr Pfarrer war sehr verzweifelt. Und dann isser trotzdem zu seiner Schwester gefahren!" Lina nickte zur Bekräftigung. „Einfach so. Am Gründonnerstag. Und der Kaplan musste für alle Gottesdienste einspringen."

Die letzten Worte gingen unter in den ersten mächtigen Orgeltönen. Pfeffer schaute gebannt auf die

Türe des Beichtstuhls.

Ein leichtes Rauschen und Zittern brauste durch das Kirchenschiff und die Eichetür schwang ganz langsam auf.

Pfeffer stieg die Stufen zur Empore hinauf. Geduldig wartete er, bis der Organist das Stück zu Ende gespielt hatte.

„Wann haben Sie den Herrn Pfarrer denn zuletzt gesehen?"

Der junge Mann nickte ernsthaft. „Ich dachte mir schon, dass Sie das fragen würden. Ich hab ihn schon sehr lange nicht mehr gesehen. VOR seinem Urlaub war das noch. Gründonnerstag, glaub ich. Auf jeden Fall an dem Tag, als der Angermeier die Beichtstuhltür repariert hat."

Pfeffer beugte sich vor und starrte ihn an.

„Wie bitte? WER hat WAS repariert?"

„Na der Schreiner Angermeier diese quietschende Tür des Beichtstuhls. Die ging ja nur noch ganz schwer auf. Er hat sie repariert, Scharniere neu verschraubt und geleimt, die Tür waagrecht fixiert. Ich hab geübt hier oben und war .. na ja, ich war ein bisschen sauer, weil er ausgerechnet dann hier rumhämmern und bohren musste, als ich für das Oster-Hochamt die Lieder einstudieren wollte. Und ne Weile vorher, da war der Angermeier aber noch nicht da, kniete der Pfarrer vor dem Hochaltar. Da hab ich ihn zuletzt gesehen!"

Pfeffer fingerte sein Handy aus der Jackentasche, zusammen mit einem frischen Taschentuch. Hastig putzte er sich die verstopfte Nase und tippte eine Kurzwahlnummer ein.

„Müllerkorn, der Todeszeitpunkt! Wann? Ein Tag, zwei Tage, drei..?"

„Quatsch!", tönte es am anderen Ende. „Mindestens zehn! Gründonnerstag oder so. Mann, Pfeffer, das musst du doch gerochen haben!"

Versoffene Jungfern

Bedächtig zog sie das kleine Küchenmesser aus ihrer Schürze und schnitt sorgfältig eine Osterglocke nach der anderen kurz über dem Boden ab.

Sie setzte sich mit dem Strauß in der Hand auf die Schräge des Deiches und schaute nach Westen über das glitzernde Blau des Großen Brombachsees.

„Danke für die Blumen!" flüsterte sie leise.

Ächzend stand sie nach einer Weile auf und hielt sich den schmerzenden Rücken. Es wollte alles nicht mehr so richtig, aber das war das Alter. Ganz vorsichtig trippelte sie mit kleinen Schrittchen bis an die Uferlinie hinunter. Der See hatte hier am Damm seine tiefste Stelle, fast vierzig Meter waren es bis zum Grund. Lange starrte sie in die kleinen Wellen und versuchte, die Schräge des Dammes unter der Wasseroberfläche zu verfolgen.

Inzwischen musste sich doch tief innen im Damm eine kleine Höhle gebildet haben. Und sie machte sich immer noch Sorgen, ob sich das Wasser nicht irgendwann einen Weg bahnen würde. In diesen Hohlraum, durch den Damm.

Entschlossen warf sie ihren Kopf in den Nacken und stapfte das steile Stück zum Radweg auf der Krone zurück. Vorsichtig wickelte sie den Blumenstrauß in eine Zeitung und verstaute ihn in dem verbeulten Fahrradkorb auf dem Gepäckträger.

„Theres! Was radelst du denn am Ostersonntag in der Gegend herum? Und wo hast scho wieder diese Blumen her?" Marie, ihre Schwester, stand in der offenen Tür des Bauernhauses, beide Hände in die Seiten gestützt, mit ihrem üblichen muffigen Blick.

Theres zuckte wortlos mit den Schultern, zwängte sich an Marie vorbei in die Küche und angelte eine Vase vom Küchenschrank. Sie füllte die Kaffeemaschine, deckte den Kaffeetisch und stellte den frischen Hefezopf zusammen mit dem Blumenstrauß auf den runden Holztisch.

Ein schwaches Lächeln zog sich über ihr Gesicht, als Marie sich schwerfällig auf ihren Stuhl fallen ließ und sich ein dickes Stück vom Kuchen auf ihren Teller packte.

Marie, die jüngere Schwester, die immer schon ein klein wenig größer, ein klein wenig schlanker, ein klein wenig blonder und ein klein wenig hübscher gewesen war – sie sah jetzt viel älter aus als Theresia. Und war auseinandergegangen. Richtig fett war sie jetzt. Kein Wunder, denn Theresia, die unverheiratete Schwester, machte fast die ganze Arbeit, die auf dem Bauernhof für die Bäuerin anfiel.

Der Bauer trat in die Stube, groß und massig plumpste er auf die Bank und griff mit ungewaschenen Fingern nach dem Kuchen.

Theresia zog die Mundwinkel abfällig nach unten und war wieder einmal dankbar, dass die nette kleine Marie ihr damals vor dreißig Jahren den hübschen Kilian auf der Kirchweih ausgespannt hatte. Es war schon das dritte Mal gewesen, dass sich Marie an einen ihrer Verehrer rangemacht hatte, aber bei diesem tat es zum ersten Mal so richtig weh. Und Theresia mochte damals lange keinen andern mehr anschauen.

Als Jahre später die Eltern starben, war Theresia immer noch unverheiratet und nahm Maries Angebot dankbar an, zu ihr auf den Hof zu ziehen.

Aus dem großen hübschen Kilian war ein mürrischer Ehemann mit Bierbauch und schütterem Haar geworden. Jeden Abend ging er ins Wirtshaus und Theresia kuschelte sich zufrieden tiefer in ihr Deckbett, wenn er nachts betrunken die Stiege hochgepoltert kam und sich zu Marie ins Bett fallen ließ.

Ihre endgültige Verachtung bekam er zu spüren, als er sie nach drei Wochen auf dem Hof beim Melken unvermittelt von hinten mit beiden Händen umfasste und ihre Brüste knetete. „Du warst mir scho immer die Liebere von euch beiden!" raunte er ihr dabei ins Ohr und der Bierdunst aus seinem Mund ließ sie würgen. Heftig sprang sie auf, der umgegürtete Melkschemel schwang nach oben und traf den Bauern genau zwischen den Beinen. Röchelnd sank er in die Knie.

Tagelang schlich sie unsicher über den Hof und wartete auf seine Rache. Aber er war wohl froh und dankbar, dass Marie nichts von seinen Annäherungsversuchen erfahren hatte.

In den Liebesromanen und Filmen war immer alles so wunderschön geschildert. Die Männer waren ritterlich und die Frauen guckten so voller Sehnsucht und dann, wenn sie sich endlich gefunden hatten, flimmerte die ENDE-Schrift über den Bildschirm! Dabei hätte Theresia so gerne gewusst, wie es weiter ging! Natürlich war sie aufgeklärt und wusste genau, was dann passierte – aber warum war das die wichtigste Sache der Welt? Was war daran so aufregend, so fantastisch, warum drehte sich alles im Leben nur um diese paar Minuten der Vereinigung?

Sie war wild entschlossen, das herauszukriegen, aber es war gar nicht so einfach, den Traumprinzen zu finden, der aussah wie Robert Redford und bereit war, ihr den Hof zu machen. Hier im Dorf waren alle Männer im passenden Alter verheiratet und beim Tanzabend in Gunzenhausen war sie mit Abstand die Älteste gewesen und nie mehr hingegangen.

Eines Abends musste sie den Bauern im Wirthaus holen, weil die Kuh Lisa kalbte und es so langsam voran ging. Sie stand noch ganz atemlos in der offenen Tür der Gaststube, als sie ihn grölen hörte: „Und die Theres, die kriegt wenn sie gstorben ist, ein Bapperl auf den Arsch, drauf steht – ungeöffnet zurück!"

Alle lachten und hauten sich vor Vergnügen auf die Oberschenkel – nur langsam verplätscherten die Geräusche, als einer nach dem anderen Theresia in der Tür stehen sah.

Theresia und Kilian starrten sich an, alle anderen Gäste schienen die Luft anzuhalten.

„Die Kuh kalbt!" stieß Theresia schließlich hervor und drehte sich würdevoll um. Erst draußen begann sie zu laufen, lief zum Hof, ins Haus, die Treppe hinauf und in ihr Zimmer.

Von da an sprach sie mit dem Bauern nur das Allernötigste und ging kaum noch vom Hof. Sie weigerte sich, einkaufen zu gehen und scheute jede Begegnung mit den Leuten aus dem Dorf. Lieber machte sie alle Arbeiten auf dem Feld und im Stall.

Sonntags fuhr sie mit dem Rad nach Gunzenhausen

und ging dort in die Kirche. Oft radelte sie noch bis zum neu aufgestauten Altmühlsee und schaute den jungen Surfern zu, die da muskelbepackt über den See flitzten. Und träumte. Träumte von ihrem Prinzen und dem großen Glück zu zweit.

Als dann der Sommer sich dem Ende zuneigte, packte sie oft den Korb auf ihr Fahrrad und fuhr an den Kleinen Brombachsee in die Heidelbeeren. Es war eine mühselige Angelegenheit bis der Korb randvoll gepflückt war, aber Theresia spann an ihren Träumen und die Zeit verging wie im Flug. Abends verrührte sie die Beute mit Gelierzucker im großen Topf auf dem Herd und freute sich über die vielen Gläser, die sie in die Speisekammer stellen konnte.

Einmal noch würde sie fahren. An diese eine Stelle, wo die Beeren am dicksten waren, und sie fast bis nach Pleinfeld strampeln musste. Und weil für das Wochenende Regen angesagt war, fuhr sie am Donnerstag. Sollte Marie doch mal die Kühe melken! Es waren schließlich ihre!

Je tiefer sie in den Wald kam, desto ruhiger wurde es um sie herum. Als direkt vor ihr plötzlich ein Motor aufheulte, zuckte sie erschrocken zusammen und ließ den Korb fallen. Wo letztes Jahr noch eine große Waldfläche war, war alles abgeholzt und Radlader, Bagger und Lastwagen rollten über ehemalige Waldwege.

Der Damm!, schoss es ihr durch den Kopf. Die bauen den Damm für den Großen Brombachsee!

„Oh Madam! Sind Se erschrockn?"

Sie wirbelte herum. Ein kleiner, dicklicher Mann in Arbeitshose und kariertem Hemd stand vor ihr und hielt ihren Korb. Suchend sah er sich auf dem Boden um und zuckte dann grinsend die Schultern.

„Keene rausjefalln!" Er schob die Schiebermütze weiter in den Nacken und kratzte sich über der Stirn. „Jibt det Blaubeerkuchen? Lecka!"

Theresia schüttelte lächelnd den Kopf. „Marmelade!" antwortete sie kurz und nahm den Korb aus seiner Hand. „Danke."

Sie wandte sich um, um zu ihrem Fahrrad zu gehen, als er sagte:

„Da hinten sind noch jede Menge! Mein Kolleje un icke, wir kennzeichnen die Bäume, die weg müssen, weil se sonst später nasse Füße kriejen, wenn hier See ist!"

Sie zögerte und nickte dann.

„A weng basst no in den Korb. Wo, hams gsagt, stehen noch welche?"

Er wies mit der Hand über seine Schulter und als sie in die angegebene Richtung blickte, sah sie ihn. Robert Redford im Blaumann! Groß, blond, markantes Gesicht, die blauesten Augen der Welt, umringt von vielen Lachfältchen!

„Ach, da issa ja! Jens, komma! Det Frolleinchen hia holt hier alle Blaubean wech und will uns keen Kuchen von backen!" Er lachte laut und winkte seinen Kollegen hektisch zu sich her.

Robert Redford lächelte und Theresia fühlte plötzlich Pudding in ihren Knien.

„Kalle, du has datt nich richtich angepackt! Pass mal auf!"

Er trat direkt vor Theresia, sah ihr tief in die Augen und flüsterte in seinem Hanseaten-Bass:

„Liebste Dame, wir sind alle soo alleine hier, für einen Blaubeerkuchen würden wir Sie zu unserer Prinzessin machen!" Er zwinkerte ihr zu und grinste spitzbübisch.

Theresia sah verwirrt zu Boden. Sie suchte verzweifelt nach Worten.

„Morgen!" stieß sie dann hervor. „Morgen bring ich den Kuchen!"

Sie drehte sich um und rannte los. Wie Watte fühlten sich ihre Beine an, aber gleichzeitig lief es sich so leicht! Und auch das Fahrrad flog nur so dahin und in ihrem Gehirn hämmerte ständig das eine Wort im Takt mit ihren strampelnden Füßen: Morgen – morgen – morgen!

Stolz betrachtete sie ihr Werk. Noch heiß hatte sie die Kuchenplatte in Stücke geschnitten und in Alufolie verpackt, lauwarm würde er herrlich schmecken!

Sie stellte das Fahrrad an der gleichen Stelle ab und schmunzelte über den großen Zettel, der an dem Baum hing. „Blaubeerkuchenlieferanten bitte beim Bauwagen 21 melden!"

Entschlossen lief sie los, direkt auf die Bauwagen am Rande der Großbaustelle zu. Sie war spät dran, der Baustellenlärm hatte schon aufgehört und einige Männer verließen schon mit ihren Taschen die Wagen, auf dem Weg zum Feierabend.

Als sie um den Wagen mit der 21 herumlief, stolperte sie fast über seine Füße. Er saß auf den Eingangsstufen, grinste breit und rief nach hinten in den Wagen: „Kalle, da isse! Ich hatte doch Recht, dass sie hält, was sie verspricht!"

Theresia fühlte, wie die Wärme in ihr Gesicht stieg und wusste, dass hektische Flecken sich jetzt über Hals und Wangen verteilten.

Kalle hatte ein Stück der Alufolie auseinander gefaltet und zog genießerisch den Duft ein.

„Noch warm! Meechen – wer von dir bekocht wird, wees jar nicht, wie jut er es hat!"

Rasch verteilte er die Kuchenstücke auf drei Tellern und wiegte dann unglücklich den Kopf hin und her. „Zu ville! Det packen wa jarnich allet! Ick bring noch fix wat zu Pit und Jüagen rüba, ja?" Er stapelte ein paar Stücke auf einen vierten Teller und stiefelte los, einen Wagen weiter und drückte ihn den beiden Arbeitern dort in die Hand. Theresia stand verlegen vor Jens und trat von einem Fuß auf den anderen. Jens rückte auf den Treppe zur Seite und klopfte neben sich auf die Stufe.

„Komm, Deern, setz dich. Haste deinem Mann nix von abgegeben von dem Kuchen? Ist ja ein komplettes Blech!"

„Ich ... Ich bin net verheirat. Hab koan Mann", flüsterte Theresia unsicher.

Jens fasste sie sanft an der Wange, hob ihr Gesicht und zwang sie, ihn anzusehen.

„So eine Verschwendung!", raunte er.

Theresia starrte in seine Saphiraugen und stammelte: „I könnt am Sonntag für dich kochen!"

Entsetzt über ihren eigenen Mut zu dieser forschen Einladung sprang sie auf und wollte davonlaufen. Jens hielt ihre Hand fest und sagte: „Gut! Ich komme! Wohin?"

Theresia fühlte, wie ihr Herz Sprünge machte, entriss ihm ihre Hand und hauchte ihre Adresse.

Jens stand auf und lächelte sie an. „Wann?" fragte er und seine Augen zeigten ein Glitzern.

„Um eins!", rief Theresia und lief los. Rannte über den freien Platz bis zum Waldrand, stolperte über Baumwurzeln und Heidelbeerbüsche bis zu ihrem Rad und presste sich dort beide Hände auf die Brust. Mit geschlossenen Augen atmete sie tief durch.

Noch zwei Tage!

„Ich kann nich mehr!"

Kopfschüttelnd schob Jens den Teller weit von sich und strich sich über den Bauch.

„Das war wunderbar!"

Theresia sprang auf und räumte die beiden Teller vom Tisch. Das Schäufele war so zart gewesen, dass man gar kein Messer brauchte, die Knödel fest und herzhaft und die Sauce dazu ein wahres Gedicht.

Die zwei Tage hatten kein Ende nehmen wollen, und als Schwester und Schwager endlich zum Geburtstag seines Bruders aufgebrochen waren, drehte sie fast durch. Wie ein Brummkreisel tanzte sie durch die Küche, bereitete vor, deckte den Tisch und schaute alle zwanzig Sekunden auf die Uhr.

Zum Glück hatte er pünktlich kurz nach eins an der Haustür geschellt, sonst wäre sie vor Aufregung wohl geplatzt!

Jetzt stellte sie ihm einen eiskalten Obstler auf den Tisch und setzte sich ihm gegenüber.

Schon während des Essens hatte er viel über sich

erzählt, hatte in seinem Teller aus Kloßmasse und Soße den geplanten Brombachsee geformt und mit größtem Behagen ständig ihre Kochkünste gelobt.

Jetzt hatte er eine Karte der Region aus der Tasche gezogen und zeigte ihr die künftige Lage des Sees und des Dammes.

„Und hier der Radweg, hier ein Yachthafen, das wird der größte Binnen-Yachthafen in ganz Deutschland! Da wird aus dem verschlafenen Ramsberg eine Metropole! Warts mal ab, min Deern!"

Theresia lächelte ihn an und zeigte auf seinen Magen.

„Geht's wieder? Es käm noch ein Nachtisch! Was ganz was Besondres!"

Seine Mundwinkel zogen sich in die Breite und er nickte:

„Noch was Süßes von so ner süßen Deern – aber gerne!"

Theresia stand auf, warf den Kopf in den Nacken und sagte kokett:

„Es dauert aber noch a weng. Kannst weitererzähln, während ich den Nachtisch mach!"

Sie genoss plötzlich das Bewusstsein, dass er jede ihrer Bewegungen mit seinen Blicken verfolgte. Ihre Unsicherheit war verschwunden. Und ihre Ängste, weil ihr jegliche Erfahrung fehlte, würde sie ihm auf ganz besondere Weise zu verstehen geben.

Sie goss einen Viertel Liter trockenen Rotwein in einen Topf, warf drei Zimtstangen hinein und drei Gewürznelken, presste eine halbe Zitrone aus, gab den Saft dazu und schnippelte die Zitronenschale in den Sud. Kurz aufgekocht, ließ sie ihn jetzt zugedeckt ziehen.

„Und was wird das, wenn es fertig ist?"

Theresia füllte das Fett in die Friteuse und schaltete sie ein.

Sie schaute kurz über ihre Schulter, zwinkerte und sagte:

„Versoffene Jungfern!"

Er warf den Kopf in den Nacken und lachte dröhnend.

„Jungfern! Die gibt's doch heute gar nicht mehr!"

Theresia hatte die drei Eier bereits getrennt, schlug das Eiweiß mit einem Esslöffel kaltem Wasser steif, gab langsam Zucker, etwas abgeriebene Zitronenschale und eine Prise Salz darunter, anschließend das Eigelb und das Mehl.

Jens war aufgestanden und hinter sie getreten. Er sah ihr zu, als sie mit zwei Teelöffeln walnussgroße Stücke von Teig abstach und in die Friteuse gab.

Sie sah hoch zur Küchenuhr und murmelte: „Vier Minuten...", als Jens sie auf den Nacken küsste.

Sie ließ erst den wohligen Schauer den Rücken runterrieseln, ehe sie sich umdrehte und entschlossen sagte:

„Doch, es gibt noch welche!"

Der Kuss kam unvermittelt und überraschend und sie fühlte sich wunderbar in seinen Armen, als er sie plötzlich abrupt losließ, sie forschend ansah und ungläubig nachfragte:

„Es gibt noch welche? Willst du damit sagen ... ?"

Theresia wandte sich um, hob die Jungfern mit dem Schaumlöffel vorsichtig aus dem heißen Fett, ließ sie auf einem Küchenpapier abtropfen, wälzte sie in braunem Zucker und gab sie dann in eine weite Schüssel.

„Ja, genau das will ich damit sagen", murmelte sie leise.

Sie goss den Weinsud über die Gebäckteilchen, packte die Schüssel und drehte sich zu ihm um.

„Sie sind fertig, die Jungfern. Du kannst sie probieren!"

Er trat einen Schritt zur Seite, sie ging entschlossen zum Tisch und verteilte die Nachspeise in die beiden Schüsselchen.

Zögernd setzte er sich wieder auf seinen Platz. Gedankenverloren schob er sich die erste der Jungfern in den Mund.

„Hmmm!", entfuhr es ihm. „Köstlich!"

Schweigend aßen sie den Nachtisch. Theresia sah immer wieder heimlich hoch und versuchte, in seinem Gesicht eine Regung zu erkennen, aber er blickte stur auf seinen Teller und löffelte hastig.

Als er aufgegessen hatte, sah er hoch.

„Theresia, ich … Ich werde jetzt besser gehen. Ich muss nachdenken, verstehst du? Das war etwas überraschend und ...", er stockte und suchte nach Worten.

Theresia fühlte sich mutig wie nie. Sie griff nach seiner Hand, machte ein Gesicht wie Meryl Streep in Jenseits von Afrika und gestand ihm: „Du gefällst mir so gut. Morgen bring ich dir einen Streuselkuchen mit Äpfeln. Reicht das zum Nachdenken?"

Er nickte heftig, stand auf und hob nur kurz grüßend die Hand.

Theresia brachte ihn zur Tür. Als er schon mit großen Schritten durch den Hof zur Straße ging, fiel ihr die Szene im Wirtshaus wieder ein.

„Und, Jens ..?"

Er drehte sich fragend um.

„Erzähl keinem davon, bittschön!" Er schüttelte den Kopf, zwinkerte ihr kurz zu und war gleich drauf um die Hausecke verschwunden.

Die Feierabendruhe hatte sich schon über die Baustelle gebreitet, einige Arbeiter machten sich auf den Heimweg, andere standen noch schwatzend beisammen. Mehr als die Hälfte des Kontrollganges war bereits mit Erde bedeckt. Durch diese trapezförmige Betonröhre würden später die Erdbewegungen überwacht werden können. Auf einer Länge von mehr als eineinhalb Kilometern verlief der Gang auf der Sohle des aufzuschüttenden Dammes.

Theresia lief eilig um die Ecke des Bauwagens und lächelte, als sie fast wieder über seine langen Beine stolperte. Mit Schwung warf sie ihm das Kuchenpäckchen in den Schoß und merkte jetzt erst, dass er nicht aufgesehen hatte.

Stumm verharrte sie und sah ihm zu, wie er den Kuchen neben sich auf die Stufe legte und langsam aufstand.

„Hör mal, meen Deern – ich bin sicher kein Kostverächter. Aber sowas is nichts für mich. So'n Altertumsforscher, nee danke. Die hätten auch damals die Pyramiden zu lassen sollen – sind reihenweise gestorben! Frauen hängen da zuviel dran an das erste Mal. Das is mir zu anstrengend!"

Theresia starrte auf seine Gürtelschnalle und nickte sachte. Ihr Blick kletterte an den Karos seines Arbeitshemdes empor und sie zuckte zusammen, als sie sein breites Grinsen bemerkte.

Langsam wandte sie sich um und machte sich auf den Heimweg.

„Hey, die Kuchendame!", rief es hinter ihr.

Als sie über ihre Schultern blickte, kam Pit mit großen Schritten auf sie zu und winkte.

„Ich würd das ja machen! Mir graut es vor gar nix!", lachte er laut und haute mit der flachen Hand auf seine Faust.

Der Kloß im Hals drohte ihr die Luft abzudrehen. Sie starrte Jens an, der kuchenkauend wieder auf den Stufen saß und sich vor Lachen fast ausschütten wollte. Kalle kam auf sie zu, neben ihm trottete ein hochaufgeschossener Jüngling mit viel zu weiter Arbeitshose. „Hallo, Meechen! Hia hammwa den Richtjen! Olli is ooch noch Jungfrau, nech, Bürschchen?"

Der Junge sah mit großen Augen in die Runde und sein Kopf leuchtete glühendrot unter seinen blonden Stoppelhaaren.

Die Männer lachten grölend und Olli starrte jetzt unentwegt auf seine Schuhspitzen.

Theresia lief los. Alle, alle wussten es! Sie rannte zum Waldrand, fiel dort über eine Baumwurzel und blieb liegen, von trockenem Schluchzen geschüttelt.

Sie wusste nicht, wie lange sie gelegen hatte. Als sie sich umdrehte und zur Baustelle zurückschaute, war niemand mehr zu sehen.

Sie stand auf und stockte in ihrer Bewegung. Da unten, mitten auf dem angeschütteten Kontrollgang, stand Jens. Als sie mit entschlossenem Schritt zur Baustelle zurückstapfte, bohrte die Wut in ihrem Bauch. Bei der in Reih und Glied geparkten Herde der Baufahrzeuge blieb sie kurz stehen und schwang sich dann auf den äußersten Radlader.

Mit leichtem Lächeln prüfte sie die Schalter und ihr Vergnügen wurde größer, als sie feststellte, dass der Schlüssel steckte. Ob Gabelstapler, Traktor oder Mistbagger – alles war ähnlich und eigentlich nicht schwer zu bedienen. Sie bewegte den Schlüssel um eine kleine Drehung nach rechts. Vorglühen. Wie bei allen Diesel-Fahrzeugen. Nicht lange, sicher war der Motor noch warm.

Leerlauf, sie startete den Motor. Vorwärtsgang, Schaufel nach oben, und los.

Er hatte nur kurz mal hergeschaut und dachte sich nichts dabei, dass eines der Baustellenfahrzeuge noch einmal losfuhr. Theresia hielt an und ließ die Schaufel sinken. Dann drückte sie auf die Hupe. Jens sah auf und erstarrte.

Als er loslief, hatte sie ihn schon fast erreicht. Seine letzte Chance wäre gewesen, die Fahrspur auf dem Damm zu verlassen und den Abhang hinunter zu laufen. Theresia verachtete ihn für seine Dummheit, die ihn einfach geradeaus weiter laufen ließ.

Als sie die Schaufel hob, um sie gleich darauf auf ihn hinunter krachen zu lassen, waren ihre Bewegungen sicher und eine tiefe Befriedigung breitete sich in ihr aus, als sie das Fahrzeug einige Meter weiter stoppte. Als sie noch einmal rückwärts über seinen Körper fuhr, sank der noch tiefer ein in das Ton-Lehm-Gemisch, aus dem der Damm aufgeschüttet wurde. Sie ließ die Ladeschaufel eine breite Grube aus der Fahrspur heben, krallte die Zinken der Schaufel-Unterseite hinter der Leiche in den Boden und zerrte den Körper rückwärts fahrend in das Grab.

Geschickt hatte sie bald darauf alle Unebenheiten beseitigt. Die Fahrspur lag wieder perfekt eben über dem Betongang. Ab morgen würden viele Schichten aufgetragen und mit riesigen Noppen-Walzen verdichtet werden. Meter um Meter würde sich zum festen Damm aufwölben und 137 Millionen Kubikmeter Wasser aufstauen.

Als Theresia ein Jahr darauf mit dem prall gefüllten Heidelbeerkorb auf dem fast fertigen Damm stand, fand sie die Stelle sofort wieder. Mit langsamen Bewegungen zog sie ein Netz mit Blumenzwiebeln aus der Schürzentasche. Ein kleiner Ast diente als Grabwerkzeug und schnell hatte sie alle verbuddelt.
„An Ostern komm ich wieder", flüsterte sie.

REZEPT:

¼ l trockener Rotwein
3 Zimtstangen
3 Gewürznelken
Saft von einer halben Zitrone
Kleingeschnittene Zitronenschale

3 Eier
1 El kaltes Wasser
100 g Zucker
1 Prise Salz
Abgeriebene Zitronenschale
125 g Mehl
Etwas brauner Zucker

Wein mit Zimt, Nelken, Zitronensaft und Zitronenschale kurz aufkochen, bei geschlossenem Deckel ziehen lassen.

Die Eier trennen, das Eiweiß mit dem kalten Wasser steif schlagen, langsam den Zucker, die abgeriebene Zitronenschale und Salz darunter geben. Anschließend Eigelb und Mehl unterziehen.

Mit zwei Teelöffeln walnussgroße Stücke vom Teig abstechen und in heißem Fett schwimmend etwa vier Minuten ausbacken – am besten in der Friteuse.

Die Jungfern mit einem Schaumlöffel aus dem heißen Fett heben, auf einem Küchenpapier abtropfen lassen, in braunem Zucker wälzen und in eine weite Schüssel füllen.

Mit dem Rotweinsud übergießen und sofort servieren.

Geschrieben für: Bayerisches Mordkompott, Hrsg. Billie Rubin, 238 S., Leda, Leer 2002.
ISBN 3-934927-33-5

Den Brombachsee gibt's natürlich wirklich und durch unsere Camping-Urlaube am Kleinen Brombachsee konnten wir die Arbeiten am Damm des Großen Brombachsees über viele Jahre verfolgen. Daher stimmen die technischen Daten und der Kontrollgang kann zu bestimmten Zeiten sogar besichtigt werden.

Und der Rest..?

Vielleicht mal nachsehen, ob Osterglocken blühen auf dem Damm.

Herr S. im Fluss

Noch bevor der Wagen richtig zum Stehen kam, sprangen die ersten Feuerwehrleute herunter und liefen ans Ufer des kleinen Flusses. Der Kommandant ging mit eiligen Schritten auf drei Kinder zu, die aufgeregt auf das Wasser deuteten.

„Was genau habt ihr da gesehen?" Er versuchte, den etwas grimmigen, geschäftigen Ton kindgemäß zu unterlegen. Aber das war nicht nötig.

„Auf dem Bauch ist er geschwommen! Das Gesicht im Wasser!"

„Und graue Haare hatte er!"

„Und ganz nackig war er!"

„Wann war das?"

Der größte der drei Jungen grübelte kurz, dann sagte er: „Kurz nach drei, weil um drei, da fährt da drüben immer die Bahn lang, und die war kurz davor vorbeigekommen!"

„Perfekt! Ich danke euch. Jetzt geht mal da rüber zu dem netten Herrn Gruber, der schreibt eure Namen und Adressen auf – ich muss mal telefonieren."

„Wir haben eine männliche Leiche, vor einer knappen halben Stunde etwa zweihundert Meter unterhalb der Eisenbahnbrücke vorbeigetrieben. Der Mann war nackt. Ich glaube, das ist was für euch."

Otto Tobler von der Mordkommission hatte schweigend zugehört, antwortete knapp: „Ich komme!", und griff seufzend nach seiner Jacke.

Wer ist die nackte Leiche? stand am nächsten Morgen

in riesigen Lettern auf der ersten Seite des *Tagesboten*.
Kommissar Tobler hatte noch lange nach Einbruch
der Dunkelheit die vergeblichen Bemühungen von
Feuerwehr und Tauchern beobachtet – und endlich
bereitwillig der Presse Auskunft gegeben. Vielleicht
half das ja weiter.

Übermüdet und schlecht gelaunt saß er jetzt in seinem
Büro und durchforstete die Vermissten-Meldungen.

„Otto?" Harms steckte den Kopf zur Tür herein.
„Ich hab da einen Herrn Maximilian Grevenhain, der
weiß wohl was in dem Fall Wasserleiche. Kann ich ihn
gleich reinschicken?"

Tobler nickte und lehnte sich zurück. Es kam
Bewegung in die Sache.

Maximilian Grevenhain öffnete schwungvoll
die Tür, lachte über das ganze Gesicht und ließ mit
volltönendem Bariton ein für den müden Tobler
grässlich gut gelauntes „Guten Morgen!" erklingen.
Für sein Alter, wohl um die sechzig, war er etwas
zu geckenhaft gekleidet, fand Tobler. Mit raschem
Blick hatte er Grevenhain taxiert. Unverschämt gut
aussehend, braun gebrannt, die noch vollen, grauen
Haare zum Zopf gebunden – nichts an Grevenhain war
ihm sympathisch. Erst als dieser mit schnellem Schritt
auf ihn zukam und ihm mit festem Griff die Hand
schüttelte und ein knappes „Grevenhain" hinterher
schickte, bot Tobler ihm gnädig einen Stuhl an.

„Nun, was gibt's?", knurrte er und hob die rechte
Augenbraue.

Grevenhains Gesicht überzog ein Lächeln, und er
sagte fröhlich: „Ich war derjenige, der Herrn S. in den
Fluss befördert hat!"

Tobler beugte sich weit über seinen Schreibtisch nach vorne und starrte Grevenhain ins Gesicht. „Herr S.?"

„Nun ja – so nannten wir ihn alle, wenn Sie verstehen, was ich meine." Grevenhain stockte kurz, lächelte dann wieder und zwinkerte Tobler zu.

„Ich wollte gestern noch ein wenig die schöne Herbstsonne genießen und hatte mich mit Herrn S. auf den kleinen Balkon begeben. Und gerade, als ich ihm den Pullover ausgezogen hatte, passte ich einen Moment nicht auf, und – schwups – stieß er mit den Oberschenkeln an die etwas zu niedrige Brüstung und verlor das Gleichgewicht. Ich wollte ihn noch an den Füßen greifen, aber ich war nicht schnell genug."

Kommissar Tobler hatte vorsichtig das Tonbandgerät in seiner Schublade angeschaltet. Ein Geständnis hatte er nicht erwartet! Ganz ohne Verhör! Aber die fröhliche Schilderung des Täters ließ ihn schaudern. Dieser Mann war nicht ganz richtig im Kopf!

Beiläufig drückte er die Taste der Gegensprechanlage. Er wollte sicher sein, dass seine Kollegen im Nebenzimmer dieses Gespräch mitkriegten und jederzeit zum Eingreifen bereit waren.

„Und Herr S. konnte nicht schwimmen?" fragte er freundlich.

„Doch, natürlich! Sonst hätten die Kinder ihn ja gar nicht sehen können!"

Grevenhain lächelte noch immer verschmitzt und packte plötzlich beide Stuhllehnen, so, als wolle er aufstehen. „Und jetzt würde ich ihn gerne wiederhaben!"

Tobler sprang auf, ging mit schnellen Schritten um

seinen Schreibtisch herum und legte Grevenhain beide Hände auf die Schultern.

„Moment noch. Ich würde gerne mehr zu der Geschichte hören. Wer war Herr S.? Woher kennen Sie ihn? Wo wohnte er?"

Grevenhain legte seine Hände entspannt in seinen Schoß und kicherte leise vor sich hin. „Gerne, Herr Kommissar! Wenn das zum Spielchen gehört? Wir – meine Frau und ich – nennen ihn Herr S. Einfach so. Es klingt netter. Er ist einer der älteren Sorte. Schon ein paar Jahre bei uns, aber passte einfach so als Typ, verstehen Sie?"

Tobler nickte verständnisvoll. Grevenhain musste weiterreden!

„Seine Frau kam vor drei Jahren … hm … abhanden, wenn Sie verstehen, was ich meine. Passte einfach nicht mehr mit den beiden. Nur die zwei, nun, ich sag mal, Kinder, die haben wir noch. Ein Junge und ein Mädchen. So der Typ Twen. Zwillinge sozusagen. Frau S. wurde nie ersetzt. Keiner will sich so eine ältere Frau angucken, nicht, Herr Kommissar? Stattdessen haben wir eine alte Dame. Frau von S." Grevenhain lachte laut auf. „Die sieht aus, als wäre sie eine Gräfin. Sehr distinguiert, die perfekte Dame. Und obwohl doch deutlich älter als Herr S. sehen die beiden fantastisch nebeneinander aus!"

Tobler schwitzte. Aus den Augenwinkeln versuchte er zu erkennen, ob das Sprechgerät auch wirklich eingeschaltet war. Er war hier mit einem offensichtlich Irren allein! Einem irren Mörder!

„Wieso zogen Sie ihm den Pullover aus?", fragte Tobler und zwang sich ein Lächeln auf sein Gesicht.

Verblüfft hob Grevenhain den Kopf und sah ihn völlig arglos an. „Weil ich ihm einen anderen anziehen wollte!"

„Ach so – klar, ich verstehe. Was hatte er sonst noch an, als – nun, sagen wir mal – der Unfall passierte?" Tobler war gespannt auf die Antwort.

„Nix! Nix hatte er an! Deshalb war es ja auch nicht ganz so schlimm, verstehen Sie? Diese Dreckbrühe hätte doch jedes gute Kleidungsstück sofort verdorben, nicht?"

Tobler wich zurück. Er hatte keine Ahnung, wie er weiter vorgehen sollte. Einerseits wollte er so viel wie möglich herauskriegen, andererseits verwirrten ihn die Antworten mehr, als sie ihm weiterhalfen.
„Und ihre Frau? Was hält ihre Frau von Herrn S.?", fragte er möglichst beiläufig. Er suchte nach dem Mordmotiv. Eifersucht?

„Die?" Grevenhain lachte auf. „Sie hat ja eine herrliche Fantasie, dichtete Herrn S. eine ganz aufregende Lebensgeschichte an", Grevenhain hielt sich die Hand vor den Mund und unterdrückte ein Kichern, „sie sagt manchmal, bestimmt hat er mal einen Banküberfall oder so was begangen, sonst könnte er sich diese teuren Klamotten überhaupt nicht leisten, die er immer trägt!"

Vergnügt klopfte sich Grevenhain jetzt auf seinen Oberschenkel und konnte das Lachen nicht mehr zurückhalten. „Wenn", gluckste er, „wenn mich jetzt einer hören würde, dächte er sicher, ich wäre verrückt!" Tobler presste seinen linken Oberarm dichter an den Körper. Es gab ihm Sicherheit, die harte Beule seiner Waffe zu spüren.

„Herr Grevenhain, gestatten Sie mir eine letzte Frage?"

Grevenhain versuchte, sich wieder unter Kontrolle zu bringen und nickte Tobler mit zusammengepressten Lippen zu.

„Wie alt war Herr S.?"

Grevenhain zuckte die Schulter. „Weiß ich jetzt nicht so genau. Hat aber, wie gesagt, schon einige Jährchen auf dem Buckel. Aber trotzdem hätte ich ihn gerne wieder, verstehen Sie, Herr Kommissar?"

„Sie hätten ihn gern wieder. Aha. Und warum", Tobler straffte seine Schultern und sah Grevenhain in die Augen, „warum haben Sie ihn dann umgebracht?" Genau in diesem Moment öffnete sich die Tür und Harms schaute herein.

Wütend wirbelte Tobler herum. „Nicht jetzt! Ich hab ihn grade soweit!" zischte er.

Harms zog sofort den Kopf zurück und schloss leise die Tür.

„Noch mal, Herr Grevenhain. Warum haben Sie Herrn S. umgebracht?"

Grevenhain grinste. „Nette Vorstellung, Herr Kommissar. Aber ich hab Ihnen ja schon gesagt, er ist mir so durchgerutscht! Und ich wundere mich schon die ganze Zeit, dass ein richtiger Kommissar sich mit dieser Sache befasst! Ich dachte, dass das ganz normale Beamte bearbeiten. Eine Treppe hoch und links – oder war es rechts? Ich verlaufe mich ständig in Ämtern und Behörden."

Grevenhain schüttelte den Kopf und stand auf. „Aber wenn ich ihn nicht wiederkriege, muss ich mir eben einen Neuen besorgen." Er trat einen Schritt auf

Tobler zu, sah ihm kritisch ins Gesicht und sagte: „So einen wie Sie zum Beispiel! Guter Typ!"

Tobler fühlte, wie ein Schweißtropfen über seine Stirn rann und sich in seiner Augenbraue verfing. Er ging vorsichtig einen Schritt zurück, griff nach der Türklinke und riss die Tür auf.

„HARMS!", schrie er.

Sofort war Harms zur Stelle.

„Otto?"

„Wo ist diese verdammte Leiche? Wieso finden die nichts, Harms! Wir haben hier ein Mordgeständnis!"

„Noch nichts gehört!" Harms hob entschuldigend die Schultern.

Verwirrt blickte Grevenhain um sich. „Moment!" Er hob abwehrend die Hände. „Ich weiß jetzt nicht genau, wovon Sie sprechen, Herr Kommissar!"

Toblers Augen wurden zu schmalen Schlitzen. „Keine Chance, Grevenhain, ich hab Ihr Geständnis auf Tonband aufgenommen. Wie sagten Sie so schön? Herr S. ist mir so durchgerutscht? Jeden Moment werden die Taucher die Leiche finden. Versuchen Sie also nicht, jetzt plötzlich alles abzustreiten!"

Grevenhain sah Tobler an, und Entsetzen machte sich in seinen Augen breit. Er ließ sich wieder in seinen Stuhl fallen und hob beide Hände vors Gesicht. Sein Körper wurde von Zuckungen geschüttelt.

Langsam senkte er die Hände. Tobler und Harms merkten erst jetzt, dass es Lachkrämpfe waren, die Grevenhains Körper unkontrolliert zucken ließen.

„Herr S.", prustete er in seine rechte Hand. „Sie haben ihn also noch gar nicht gefunden?" Wieherndes Gelächter entfuhr ihm, und er konnte nicht weitersprechen.

„Sie … Sie müssen … die Taucher …", stammelte er schließlich und versuchte, tief und gleichmäßig zu atmen. „Die Taucher, rufen Sie sie zurück! Das ist er nicht wert!"

Tobler verzog abfällig sein Gesicht. „Das würde Ihnen so passen. Jeder Mensch hat ein Recht auf Klärung der Umstände seines Todes und auf eine angemessene Bestattung. Auch wenn Sie das anders einschätzen mögen, Herr Grevenhain!"

Die letzten Worte zischte er hin, als würde er einen Kirschkern ausspucken.

„Herr Tobler!" Grevenhain war plötzlich ganz ernsthaft und sah dem Kommissar direkt in die Augen. „Herr S. hat nie gelebt und wird auch nie bestattet werden, sondern steht morgen wieder an seinem Arbeitsplatz, so er denn gefunden werden sollte."

Grevenhain zog die rechte Augenbraue hoch und verzog sein Gesicht zu einem schiefen Lächeln. „Ich bin der Besitzer des Kaufhauses unten an der Brücke. Und dekoriere selbst. Und spaßeshalber nennen wir unsere Schaufensterpuppen nicht Schaufensterpuppe männlich, mittleres Alter, sondern eben Herr Schaufensterpuppe oder kurz – Herr S. Die Puppe für die junge Mode heißt Herr S. junior, das Mädchen Fräulein S. Und Frau S. ging irgendwann kaputt und wurde nie ersetzt. Alle wollen nur die junge angucken, Sie verstehen? Und jetzt sollten Sie die Taucher zurückrufen. So eine Schaufensterpuppe schwimmt schnell, ich denke, die suchen sowieso an der völlig falschen Stelle. Und das Fundamt – das war noch eine Treppe höher, nicht? Jetzt fällt es mir wieder ein!"

Pro Mille

Das Klirren des endlosen Flaschenbandes faszinierte ihn auch nach den vielen Jahren noch. Fast hypnotisiert sah Bachmann den Flaschen zu, die in schneller Folge unter dem Kappenschuh durcheilten und sich einen der roten Verschlüsse über die Mündung streiften, als würden sie sich ein Mützchen aufsetzen.

Bei der eingestellten Geschwindigkeit des Schraubverschließers war nicht zu erkennen, wie sorgfältig das Mützchen vom Verschließkopf angedrückt wurde, wie die beiden Rollen die dünne Metallschicht des Verschlusses in die gläsernen Rillen drückten und so das Gewinde zum Aufschrauben der Flasche entstand.

Aus den Augenwinkeln nahm er eine Bewegung wahr und wandte sich leicht nach rechts. Sein Kollege Kurt hatte sich schon umgezogen und stand am Transportband zwischen dem Verschließer und der Etikettiermaschine. Wie so oft versuchte er mit hektischen Bewegungen und breitem Grinsen im Gesicht seine wöchentliche Freiflasche aus der laufenden Produktion zu holen, ohne eine Störung zu verursachen. Es war sein Freitagsritual und sein größter Spaß zum Wochenende.

„Lass das!"

Kurt zuckte zusammen und schaute ihn verdattert an. „Warum?"

„Äh.. einfach so. Du nervst! Hol dir deine Flasche aus dem Lager, wie alle anderen auch!"

Kurt zog langsam seine Hand zurück und trottete kopfschüttelnd davon.

Mit schnellen Schritten lief Bachmann zum Ende der Abfülllinie. Jeweils sechs Flaschen hob der automatische Packer dort in einen Karton, der Deckel wurde innen mit Heißleim besprüht und festgeklebt, der fertige Karton dann auf eine Palette geschoben. Bevor diese ins Lager transportiert wurde, markierte er alle Kartons mit einem dicken schwarzen Eddingkreuz im Werbeaufdruck. Es fiel nicht auf, aber er würde jederzeit die Flaschen wiederfinden, die aus dem präparierten Tank abgefüllt worden waren.

Den Heimweg trat er wie immer zu Fuß an. Die riesige Silhouette der Bayer-Werke im Rücken marschierte er am Fluss entlang. Sein Weg führte über das dem alten Rheintor nachempfundenen Deichtor, das bei Hochwasser geschlossen werden muss um die Überflutung des Städtchens zu verhindern.

Vor dem Casino blieb er kurz stehen und starrte gedankenverloren auf die Figuren des Märchenbrunnens. Die Glocken von St. Peter rissen ihn aus seinen Grübeleien und mit langen Schritten marschierte er am Marktplatz vorbei und bog in die Untere Mühlengasse ein.

Als er in die leere dunkle Wohnung trat, hielt er kurz inne und begann dann sein eigenes Freitagsritual.

Langsam und sorgfältig öffnete er seine Freiflasche, beobachtete, wie die Bördelung des Verschlusses an den Sollstellen brach und testete, wie leicht sich die Kappe abschrauben ließ. Dann nahm er einen tiefen Schluck und ließ den Doppelwacholder langsam durch seine Kehle rinnen. Er schloss die Augen und genoss die angenehme Würze des alten Familienrezeptes.

Genau so sorgfältig goss er den restlichen Inhalt in

den Ausguss und warf die leere Flasche zum Altglas.

Malcher wusste sofort, dass es wieder passiert war, als sein Prokurist nach einem kurzen Anklopfen mit finsterer Miene in sein Büro gestürmt kam. In den letzten beiden Tagen hatte es vier Fälle in der Stadt gegeben: Menschen waren mit schwersten Vergiftungserscheinungen ins Krankenhaus eingeliefert worden, nachdem sie von seinem Wacholderschnaps getrunken hatten. In der siebten Generation leitete er dieses alte Familienunternehmen. Aber noch nie hatte es eine solche Katastrophe gegeben.

Reglos saß er in seinem Ledersessel und hörte den Bericht des Prokuristen. „Wir müssen jetzt an die Öffentlichkeit und die Verbraucher warnen!", riet ihm dieser eindringlich.

Malcher nickte schwach. Zweieinhalb Jahrhunderte lang hatten die Käufer die erstklassige Qualität zu schätzen gewusst, seit Henricus Malcher 1743 als „patentyrter Branntewynbrenner" mit der Herstellung hochwertiger Weinbrände und des Doppelkorns begonnen hatte.

Und jetzt würde er die Menschen vor seinem Produkt warnen müssen.

Im Labor arbeiteten sie auf Hochtouren, um den Grund für die Vergiftungen zu finden, aber es gab vorerst keinerlei Anzeichen für einen Fremdstoff im Schnaps.

Malcher nickte wieder. „Geben Sie es an die Presse und an den Rundfunk. Die privaten Fernsehsender kommen von ganz alleine." Müde hob er die Hand und wischte sich über die Augen. Er hatte die letzten beiden Tage kaum geschlafen und fühlte sich jetzt völlig erschöpft.

Kaum hatte sein Gegenüber das Büro verlassen, trat Frau Spilker hastig durch die Tür.

„Herr Malcher, das sollten Sie sich ansehen!" Ganz oben auf dem Packen Post, den sie ihm brachte, lag ein Brief.

Ein Erpresserbrief.

Malcher hätte fast gelacht, weil dieser aus Zeitungsschnipseln zusammengeklebte Text auf dem Bogen so klischeehaft und fast albern wirkte. Wer schickte im Zeitalter der anonymen Kommunikation von Telefon, Handy und E-Mail noch Schnipselbriefe mit der Post?! HUNDERTTAUSEND EURO ODER ES GEHT WEITER stand da. Kein Ort für die Geldübergabe, kein Zeitpunkt – nichts.

Malcher überlegte nur kurz und wies dann Frau Spilker an: „Rufen Sie die Polizei an. Und schicken Sie unseren Chemiker zu mir."

Kurz darauf saß ihm der Laborleiter gegenüber und erstattete Bericht: „Es ist kein Gift im eigentlichen Sinne. Aber die Opfer haben eine Alkoholvergiftung - obwohl sie für diese Symptome nicht genug getrunken haben."

„Welche Symptome?" Malcher fragte präzise und knapp und folgte dann interessiert den Ausführungen seines Chemikers.

„Hitzegefühl, Rötungen, Atemnot, Schwindel, Erbrechen. Die Ärzte suchen im Blut der Patienten nach einem passenden Gift, aber das kann noch dauern. Allerdings haben wir heute endlich eine Flasche ergattern können, in der noch ein Rest des versauten

Zeugs drin ist!"

Malcher hob die Augenbrauen und zog seinen rechten Mundwinkel nach unten. Es passte ihm nicht, wie von seinem traditionsreichen Wacholderschnaps gesprochen wurde, andererseits konnte er ihn nicht maßregeln, denn er hatte Recht.

Irgendwas war in seinem Schnaps, was die Menschen, die ihn tranken, sehr krank machte.

Die Ausbeute war auch dieses Mal sehr gut gewesen. Diese Stelle kannte außer ihm kein Mensch. Morgen würde er einen neuen Tank präparieren und dessen Inhalt in der nächsten Woche in den Füller leiten, falls die Firma seine Forderungen nicht erfüllte.

Als er später in seine dunkle, leere Wohnung kam, stand er lange vor dem Hochzeitsfoto auf der Vitrine und dachte an die guten Zeiten ihrer Ehe, als Karin von Alkohol noch fröhlich wurde. Und anschmiegsam. Und sinnlich. Irgendwann war es umgeschlagen; sie wurde unzufrieden und mäkelig und aggressiv.

Er hatte erst sehr spät gemerkt, dass sie jeden Morgen, wenn sie ihm das Frühstück in die Firma brachte und er dafür von den Kollegen neidische Blicke erntete, eine Flasche Wacholder aus dem Lager klaute.

Ein totaler Zusammenbruch endete im Krankenhaus, und sie hatte das Angebot, gleich anschließend in eine Suchtklinik zu gehen, erleichtert angenommen.

Drei Mal war sie in den letzten Jahren monatelang in verschiedenen Sanatorien gewesen; nie dauerte es länger als eine Woche, bis er sie abends wieder völlig weggetreten auf dem Sofa fand.

Wenn sie dieses Mal aus der Klinik entlassen wurde,

wollte er mit ihr wegfahren. Eine lange Reise, weg von allem, was sie krank machte.

Die Hunderttausend Euro konnte seine Firma gut verschmerzen. Das war sie ihm schuldig, nachdem ihr Schnaps seine Ehe zerstört hatte.

„Coprin. Ihr Schnaps enthält Coprin." Der diensthabende Arzt klang völlig emotionslos, als er Malcher Auskunft auf seine Nachfrage gab.

Zuerst hatte er jede Antwort verweigert, erst auf dringende Bitten war er zu einem Rückruf bereit. „Sie müssen verstehen, ärztliche Schweigepflicht, und die Leute von der Presse, die uns seit Tagen mit Anrufen bombardieren und vor keiner List zurückschrecken!"

Nach dem Anruf in der Firma von Malchers Identität überzeugt, schnarrte er jetzt die Informationen durch den Hörer:

„Coprin hemmt den Abbau des bei der Alkoholzersetzung im Körper entstehende Azetaldehyds, das sich daraufhin anreichert und zu der bekannten Symptomatik führt. Das heißt im Klartext, Coprin im Schnaps macht jeden Alki über kurz oder lang zum reumütigen Abstinenzler, weil selbst kleinste Mengen einen Mordskater verursachen!"

Malcher sank in seinem Chefsessel zusammen. „Und woher kann das kommen? Dieses Coprin?"

„Das hat Ihnen jemand in den Schnaps gemischt! Jemand, der Ihnen ordentlich schaden will."

Malcher ließ den Hörer langsam auf die Gabel sinken. *Jemand, der Ihnen schaden will.*

Und hunderttausend Euro verlangte.

Ohne Anzuklopfen riss Malcher kurz darauf die Tür zum Labor auf.

„Verdammt!!", brüllte er durch die leeren Räume, „wieso wissen die Ärzte mehr als wir?"

Hinter einem Schrank trat der Chemiker hervor, legte die Schere vor sich auf den Schreibtisch und erwiderte sanft: „Coprin. Es ist Coprin – in dem kleinen Rest, der noch in der Flasche war, konnte ich es nachweisen."

Malcher ließ sich auf einen Stuhl sinken und hob mit verzweifeltem Gesichtsausdruck die Handinnenflächen nach oben.

„Woher? Woher kommt dieses Zeug? Und warum? Warum will uns jemand schaden und erpresst die Firma mit dieser Teufelsmischung?"

Der Laborleiter zog sich einen Stuhl heran und legte Malcher vorsichtig eine Hand auf die Schulter. „Erpressung..? Das wusste ich nicht ... Das heißt, dass es kein Versehen war, kein Unfall, sondern dass jemand absichtlich was in den Schnaps mischt?" Er überlegte kurz. „Sie könnten die gesamte Abfüllung streng bewachen. Ich könnte Proben aus allen Tanks nehmen. Wir könnten .."

Malcher stand abrupt auf und haute mit der Faust auf den Schreibtisch. „Ich kann nicht ewig die gesamte Firma unter strenge Bewachung stellen! Wir müssen diesen Kerl kriegen!"

„Und wenn Sie zahlen was er verlangt? Vielleicht gibt er dann Ruhe? Hunderttausend Euro kann die Firma doch verschmerzen?"

Malcher winkte ab. „Das habe ich mir auch schon überlegt. Aber ich weiß nicht einmal, wann und wo ich zahlen sollte, selbst wenn ich wollte!"

Bachmann nickte verständnisvoll und krampfte seine linke Hand um die Zeitungsschnipsel, die er hastig in seine Kitteltasche gestopft hatte, als Malcher so plötzlich im Labor aufgetaucht war.

Er hatte es nach ihrer ersten Entziehungskur herausgefunden.

Diese Pilze, die so eine leckere Suppe abgaben, sahen ganz ähnlich aus wie die Schopftintlinge und schmeckten auch genau so gut. Doch als Karin am nächsten Tag massive Vergiftungserscheinungen zeigte, wurde ihm ganz panisch zumute. Wieso hatte er selbst keinerlei Symptome, obwohl er einen Teller Suppe mehr gegessen hatte als sie? Bis er den Zusammenhang erkannte, plagte ihn die Unsicherheit. Durch einen Zufall stieß er auf diesen Artikel vom „Coprinus Syndrom" über den Faltentintling. *...Das Merkwürdige an dieser Vergiftung ist, dass die Symptome nur nach Genuss von Alkohol auftreten, ähnlich wie bei dem Trinkerentwöhnungsmittel Antabus....* Schlagartig wurde ihm klar, dass Karin wieder trank.

Er begann, seine Arbeit zu hassen. Tagtäglich war er dafür verantwortlich, die Wacholderbeeren zu einem feinen Schnaps zu verarbeiten. Diesem Schnaps, der seine Ehe zerstört hatte. Er hasste den Geruch, der durch die gesamte Abfüllhalle bis in den letzten Winkel der Firma drang, er hasste Malcher mit seinem Familientraditionsstolz. Die Genugtuung, die ihn erfüllte, als er in diesem fantastischen Pilzjahr ganze Wannen voll Faltentintlinge ins Labor schleppte, um sie zusammen mit den Wacholderbeeren zu einem Teufelsgesöff zusammenzubrauen, gab ihm nicht viel Trost. Er hatte das Gefühl, wie Don Quichotte gegen Windmühlenflügel zu kämpfen und kannte kein Mitleid mit den Opfern, die nach ein paar Schnäpschen am Abend mit dem Kater ihres Lebens zu kämpfen hatten.

Malcher würde zahlen. Er würde jeden Preis zahlen, um seinen Schnaps vor dem Untergang zu retten. Karin würde gesund werden, wäre sie nur weg aus diesem eintönigen, grauen Leben. Das Geld würde sie retten. Sie und ihn selber.

DEPONIER DAS GELD HEUTE UM MITTERNACHT IN EINER ALDITÜTE VOR DEM PFÖRTNERHAUS!

Malcher ließ das Schnipsel-Blatt sinken und seufzte tief. Für ihn war es leichter, die hunderttausend Euro aufzubringen, als jetzt, lange nach Ladenschluss, an eine Aldi-Tüte zu kommen. Wütend zerrte er die Schreibtisch-Schubladen im Zimmer seiner Sekretärin auf. Diese Schnüffelei war ihm peinlich und er knallte die Einzüge wieder zurück. Auf dem Weg zur Eingangshalle sah er einen Tütenzipfel mit den typischen Farben aus einem Abfalleimer lugen. Erleichtert zog er das Plastikteil aus dem Müll und ließ es unter seinem Pulli verschwinden. Mit schnellen Schritten lief er zurück in sein Büro.

Zehn Minuten vor zwölf gab er die Kombination in den Safe ein. Die dick gepanzerte Stahltür schwang lautlos auf und Malcher starrte gequält auf die Bündel von Geldscheinen. Langsam nahm er das erste in die

Hand und verstaute es vorsichtig in der weit geöffneten Tüte. Die Wut der Hilflosigkeit stieg in ihm hoch und mit einem Wisch fegte er das ganze Geld aus dem Tresor in die Tüte, knüllte sie zusammen und stopfte sie wieder unter seinen Pullover.

Mit schnellen Schritten verließ er sein Büro.

Er hatte das Licht im Zimmer nicht wieder angeschaltet, stand reglos hinter der Fensterscheibe und starrte durch den Feldstecher auf das Pförtnerhäuschen.

Seit einer halben Stunde stand er da und versuchte, einen Blick auf den Abholer der Aldi-Tüte zu werfen, aber nichts regte sich vor dem Firmentor. Sein Blick schweifte ab über die große Rheinschleife im Westen zu den riesigen Ladekränen im Hafen.

Plötzlich ließ er das Fernglas sinken. Immer wieder zuckten Gesprächsfetzen durch sein Hirn und er versuchte krampfhaft, seine Gedanken zu ordnen. Was hatte Bachmann gesagt? *Hunderttausend Euro kann die Firma doch verschmerzen?* Er lief los und erreichte bald darauf schwer atmend die Pforte.

Die Tüte war verschwunden.

Bachmann saß im Lager hinter Paletten voller Schnapsflaschen und streichelte zufrieden über die blau gemusterte Tüte. Sein Grinsen wurde breiter und breiter und er riss den direkt neben ihm stehenden Karton an der Seite auf und zerrte eine Flasche Wacholderschnaps hervor. Er fuhr sanft über den Flaschenhals, öffnete vorsichtig prüfend den Schraubverschluss, flüsterte: „ab heute wirst du mir nur noch Glück bringen!", und nahm einen tiefen Schluck.

Er würde noch ein wenig warten, bis er sicher sein konnte, ganz alleine im Firmengelände zu sein, und dann das Geld verstecken. Mindestens vier Wochen würde er noch warten, bevor er mit Karin auf Weltreise gehen würde.

Malcher hatte die Fußspuren im Rosenbeet am Pförtnerhäuschen sofort entdeckt. Sie führten in seine Firma.

Er hatte Bachmann gegenüber nie über die Höhe des Betrages gesprochen, da war er sich sicher. Und diese leere Aldi-Tüte – die war nicht achtlos in den Mülleimer gestopft worden, die hatte jemand dort deponiert! Bachmann wusste um Malchers Wut auf die Dumping-Schnapspreise des Billig-Discounters und hatte die Forderung einer solchen Tüte sicher ganz bewusst gewählt.

Leise öffnete Malcher die Tür im großen Rolltor zum Lager.

Bachmann hockte rittlings auf dem großen Fass aus Limousin-Eiche und klappte die große obere Luke hoch. Der Duft des alten Weinbrands war betörend. Noch viele Jahre würde er in diesem Fass weiterreifen und die Luken wurden nur selten geöffnet.

Er nahm wieder einen tiefen Schluck aus der Schnaps-Flasche und feixte fröhlich vor sich hin. Heute Abend würde er sich besaufen. Ausnahmsweise, nur dieses eine Mal. Die Tüte hatte er mit Klebeband fest umwickelt und eine Seite mit doppelseitigem Klebeband präpariert. Er war gerade dabei, die

Schutzfolie abzuziehen und murmelte vergnügt: „...
und darauf einen Dujardin.. !", als Malchers Ruf durch
die Halle schallte.

„BACHMANN!"

Er warf sich flach auf das Fass und presste seine
Wange fest an das Holz. Er musste das Geld in dieses
Weinbrandfass kleben, bevor Malcher ihn fand! Ohne
Geld kein Beweis!

Mit zitternden Fingern fingerte er am Klebeband und
wischte sich zwischendurch immer wieder über die
Augen. Wieso sah er plötzlich so schlecht?

Malcher schritt in die Abfüllhalle. Vorbei an
der riesigen Spülmaschine, den langen Edelstahl-
Transportbändern folgend, bis zum Füller. Lauschend
hielt er inne. Das plötzliche Geräusch, das aus dem
Lager gedrungen war, hatte er nur erahnen und erst
recht nicht einordnen können. Leise tastete er sich am
Schraubverschließer vorbei zur Etikettiermaschine.
Das breite Tor zum Lager stand weit offen, im Schein
der schwachen Notbeleuchtung konnte er schemenhaft
die Palettentürme aus Flaschenkartons erkennen,
daneben die Eichenfässer mit dem wertvollen Inhalt.

„Bachmann!" schrie er nochmals. Die
Nervenanspannung ließ seine Stimme zittern und
er atmete hektisch und flach. Vor dem mittleren
Weinbrandfass ließ er sich erschöpft auf den Beton-
Boden sinken und griff mit fahrigen Händen nach dem
kleinen Edelstahlbecher, der für Test-Schlucke auf
dem Holzabsatz stand. Er öffnete den Hahn ganz weit,
aber dieser tröpfelte nur.

Ungeduldig wartete er, bis der Becher knapp bis

zur Hälfte gefüllt war. Mit einem leisen Fluch lehnte er sich an die raue Eichenholzwand und nahm einen tiefen Schluck.

Von Bachmann und dem Erpressergeld fand sich bis heute keine Spur.

Das Päckchen mit dem Geld klebt noch heute in dem Weinbrandfass.

Der Lagerarbeiter, der auf Malchers Anordnung hin den Ablasshahn des mittleren Fasses kontrollieren sollte, gab zuerst mit einer langen Dachlatte der offen stehenden Fassluke einen kräftigen Schubs, so dass diese krachend zufiel. Er konnte nicht ahnen, dass er mit seinem kräftigen Rütteln außen am Hahn Bachmanns Mittelfinger innen wieder aus der Ablassöffnung hinausbugsierte, in die er nach dessen Sturz ins Fass gerutscht war.

Schwindelig getrunken vom Pilzgift, aus einer Flasche eines markierten Kartons, der nicht dort stand, wo er hätte stehen sollen.

Hier ein besonderer Dank an die Bio-Chemie-Lehrerin meines Sohnes, die mit mir die Frage klärte, ob der Pilz-Sud direkt im getrunkenen Alkohol ähnlich verheerende Wirkungen zeigen kann wie der Konsum der beiden Komponenten nacheinander. Nett war auch ihr Stutzen mitten im Gespräch und ihre leicht entsetzte Frage: „Warum, um alles in der Welt, wollen Sie das denn WISSEN?"
Ich hatte vergessen, ihr den Grund meiner Anfrage zu nennen!

Donau, so blau

Taaatatatamm bim bim – bum bum..
Tatatatatamm bim bim – bum bum..
Fräulein Überkirchen hob den Kopf. Das kam von oben! Herr Moldenhauer, der sonst nur ganz leise seine getragenen Klassik-Stücke hörte, ließ den Donauwalzer von Johann Strauß in voller Lautstärke durch seine Wohnung dröhnen.

„Donau, so blau, durch Tal und Au..", mit dünnem Greisinnen-Sopran sang sie mit und ein Lächeln überzog ihr Gesicht. „Wogst ruhig du hin, dich grüßt unser Wien.."

Als der Walzer zum dritten Mal begann und das Scharren über ihrem Kopf immer lauter wurde, zog sie unwillig die Augenbrauen über der Nasenwurzel zusammen.

Am Ende des sechsten Durchgangs hob sie sich aus ihrem Lehnstuhl, griff nach ihrem Stock und humpelte auf ihre Wohnungstür zu.

Die plötzliche Stille ließ sie innehalten. Kein Ton war mehr zu hören. Kurz ließ sie ihre Hand auf der Türklinke liegen, verwirrt, weil sich der angestaute Ärger mit Erstaunen und Unsicherheit mischte.

Das Geräusch eilig die Treppe hinunterpolternder Füße beendete die Verwirrung. Schnell öffnete sie die Tür und erwiderte mit angedeutetem Nicken den höflichen Gruß Moldenhauers, der seinen Weg nach unten nur ungern unterbrach.

„So geht das nicht mit der lauten Musik, Herr Nachbar! Und mit diesem Gescharre! Was treiben Sie denn da eigentlich?"

Herr Moldenhauer, ein etwas knöcheriger Junggeselle in den Fünfzigern, wandte sich zu ihr um und zeigte ihr ein strahlendes Lächeln. Sein sonst so langweilig-korrekter Gesichtsausdruck war durch das Glitzern seiner Augen wie weggewischt, statt der üblichen Strickweste in undefinierbarer Farbe trug er einen Pulli in fröhlichen Farben und die spärlichen Haarfransen, die sich sonst mühsam an der Halbglatze festkrallten bei dem vergeblichen Versuch, diese zu verdecken, waren zu einem stoppeligen Haarkranz rasiert.

Er trat einen Schritt auf sie zu, deutete vollendet einen Handkuss an und erklärte mit verschwörerischem Lächeln: „Fräulein Überkirchen, es tut mir leid. Ich wollte Sie nicht stören! Aber ich .. ich habe übermorgen ein Rendezvous. Und die Dame meiner Verehrung tanzt für ihr Leben gerne Wiener Walzer. Und da ich den doch überhaupt nicht kann, hab ich mir einen Schnellkursus gekauft. Mit Musik und Schritterklärung. Eins zwei drei, verstehen Sie?"

„Eins zwei drei – ich verstehe." Mit kurzem Nicken und einem angedeuteten Lächeln schloss sie die Tür.

Taaatatatamm bim bim – bum bum..

Tatatatatamm bim bim – bum bum..

Herr Moldenhauer übte. Sie konnte ihn ja verstehen, es war Nachmittag, sie hatte ihren Mittagsschlaf bereits hinter sich und beschloss, sich nicht von dem sich endlos wiederholenden Klang der Geigen ärgern zu lassen.

Sieben Mal ertrug sie der „Wellen Tanz", dann stand sie im Treppenhaus und begann, sich mühsam am

Geländer hochzuziehen, unterstützt vom Stock in der anderen Hand.

Sie klingelte ausdauernd – kein Wunder, dass er die Glocke nicht hörte bei diesem Lärm!

Atemlos stand er endlich in der Tür, verbeugte sich zerknirscht und bat sie herein.

Würdevoll nahm sie auf dem Sofa Platz.

„So, nun zeigen Sie mal, was sie können! Nachdem ich alles mit anhören muss, will ich jetzt etwas sehen!" Brav folgte er ihrem Befehl und startete die Musik. Unbeholfen stapfte er zum Walzer-Rhythmus wie ein unglücklicher Tanzbär von einem Bein auf das andere und starrte dabei auf das Heft mit der Schrittfolge in seiner Hand. Fräulein Überkirchen unterbrach seine Vorstellung mit lautem Klopfen ihres Stockes.

„Nein, nein, nein! So wird das doch nichts!" Etwas mühsam zog sie sich hoch und setzte ihre Schritte im Dreivierteltakt, so gut es eben ging.

„Sehen Sie her, Herr Moldenhauer! Hier, rechts vor und gleich in die Drehung! Wiener Walzer ist Drehung! Leichtigkeit!"

Erschöpft blieb sie stehen. „Jetzt Sie!"

Herr Modenhauer war ein aufmerksamer Schüler und nahm mutig die geforderte Drehung in Angriff.

„Nicht auf die Füße sehen und legen Sie doch endlich mal das Heft aus der Hand! Warten Sie..", energisch griff sie nach der Wolldecke auf der Couch, rollte diese zu einer langen Wurst und legte sie Herr Moldenhauer in die Arme. „Dies ist die Dame Ihres Herzens! Hier – rechter Arm um die Taille, dieser Zipfel ist ihre Hand, sehen Sie ihr in die Augen und nun schweben Sie – schweben Sie!"

Herr Moldenhauer starrte mit liebevollem Blick auf die obere Kante der Wolldecke, sein Mund zeigte ein leicht dümmliches Lächeln – und plötzlich schien es zu klappen! Herr Moldenhauer tanzte. Schweben war wohl übertrieben, aber er legte einen sehr ansehnlichen Wiener Walzer aufs Parkett und Fräulein Überkirchen nickte zufrieden.

„Wunderbar! Jetzt sind Sie gewappnet für Ihr Rendezvous!"

„Oh nein – ich werde heute Abend weiter üben! Ich kann heute sowieso nicht schlafen, dazu bin ich viel zu aufgeregt! Ich danke Ihnen, Fräulein Überkirchen! Ich bin so froh! Eins zwei drei.. eins zwei drei."

Herr Moldenhauer bot ihr fürsorglich den Arm, als sie an seiner Seite die Treppe hinunter stieg. Er hatte noch Besorgungen zu machen und musste ganz dringend seinen guten Anzug aus der Reinigung holen. Gerade verbeugte er sich formvollendet vor ihrer Wohnungstür, als ein blonder Pferdeschwanz die Treppe heraufwippte.

„Hallo, Großtantchen!" Steffi schaute vergnügt Herrn Modenhauer hinterher, der fast leichtfüßig die Treppe hinunterlief. „Hast du einen Freund?" grinste sie dann in Fräulein Überkirchens Richtung.

Entrüstet drehte diese sich um und nestelte ihren Wohnungsschlüssel ins Türschloss.

„Du bist respektlos! Aber du darfst trotzdem hereinkommen."

Steffi schüttelte den Kopf.

„Tut mir leid, ich bin in Eile! Mami schickt mich – ich hab dir Kuchen mitgebracht. Hat sie heute gebacken!

Ich stell ihn in die Küche, ja?"

Nach einem kurzen Küsschen auf die Wange und einem lauten „Tschühüs!" aus dem Flur wurde die Wohnungstür zugeschlagen und Steffi war verschwunden.

Taaatatatamm bim bim – bum bum..
Tatatatatamm bim bim – bum bum..
Sie schreckte aus ihrem Lehnstuhl hoch. War sie doch tatsächlich eingeschlafen! Das bedeutete eine schlaflose Nacht oder den Griff zu ihrem Schlafmittel. Ärgerlich.

Sie hob den Blick zur Decke und verfolgte das Scharren der Walzerschritte über ihr. Sie verteilten sich jetzt im ganzen Raum, immer rundum, immer wieder. Zufrieden nickte sie. Herr Modenhauer hatte die Walzer-Drehung offensichtlich im Griff.

Sie zog sich aus ihrem Sessel hoch und trippelte auf den Stock gestützt zur Küche. Als sie die Kuchenpackung öffnete, entfuhr ihr ein „wie passend!" – doch gleichzeitig schüttelte sie missmutig den Kopf. Ihre Nichte Gerlinde hatte immer noch nicht begriffen, dass die perfekte Donauwelle über den Kirschen und der Creme nur eine Schicht Schokoladenpulver tragen durfte. Der Schokoladenguss, den Gerlinde immer wieder drüber goss, war schlechter Stil, zumal es nicht möglich war, ein Häppchen mit der Kuchengabel abzuteilen, ohne das gesamte Kuchenstück zu zermanschen.

Vorsichtig hob sie die komplette Schokoladenplatte ab und legte sie neben das Kuchenstück auf den Teller.

Taaatatatamm bim bim – bum bum..
Tatatatatamm bim bim – bum bum..

Es war gleich acht Uhr am Abend und Herr Moldenhauer nahm keine Rücksicht auf ihre Gewohnheiten. Die Tagesschau wurde zersägt von den Geigen, deren Bögen inzwischen direkt auf ihren Nerven ihr ewiges Lied wimmerten.

Wie hatte er gesagt? *Ich werde heute Nacht sowieso nicht schlafen können?* Sie beugte sich über das Kuchenstück und starrte in die Creme.
Oh doch, er würde schlafen!

Es war kurz vor halb drei, als die Polizei die Wohnungstür aufbrach. Die Nachbarin aus der Wohnung darunter hatte gemeldet, dass schon seit Stunden immer und immer wieder die gleiche Musik in höchster Lautstärke gespielt wurde und auf ihren Anruf in der Wohnung keiner reagierte.

Erleichtert schloss Fräulein Überkirchen die Augen. Diese wunderbare Stille! Endlich! Sie konnte nicht verstehen, wie Herr Moldenhauer diese Ausdauer haben konnte, immer und immer wieder den Arm des Plattenspielers auf den Anfang zu stellen – ob er den Kuchen nicht gegessen hatte?

Das geschäftige Treiben in der Wohnung über der ihren verwirrte sie allerdings. Die Polizei war eingeschritten und es herrschte Ruhe im Haus. Jetzt waren es die Polizisten selber, die über ihrem Kopf herumtrampelten und ihre Nachtruhe störten!

Vorsichtig öffnete sie ihre Wohnungstür und lauschte

nach oben. Der Türsummer der Haustür und eilig nach oben laufende Schritte ließen sie die Tür vorsichtig anlehnen, aber mit klopfendem Herzen legte sie lauschend ihr Ohr an den Spalt.

„ ... nicht mal gefrühstückt ..", „ .. besser so, du weißt nicht, was du zu sehen kriegst!", „Ich hab aber Hunger!", „Du hast IMMER Hunger!"

Als die Stimmen ihre Tür passiert hatten, lugte sie vorsichtig hinaus. Ein älterer, kleinerer Herr und ein schlacksiger junger Mann eilten die Stufen hoch und verschwanden in der Wohnung Moldenhauer. Gleich darauf folgten zwei weitere Männer mit großen Koffern, schweigend, mit müden Gesichtern.

Sie stand noch mit weit aufgerissenen Augen in der offenen Tür, als der ältere Herr wieder in der Treppenbiegung auftauchte.

„Oh, das ist gut! Sie sind die Dame, die uns angerufen hat, nicht wahr? Ich hab da ein paar Fragen an Sie!" Sie nickte stumm, starrte ihn an und stand reglos im Türspalt.

„Entschuldigen Sie, Kriminalpolizei, Ewert ist mein Name." Er hielt ihr ein Metallstück unter die Nase, das sie ohne ihre Lesebrille nicht erkennen konnte und fragte: „Kann ich einen Moment reinkommen?"

Sie blinzelte und nickte und trat einen Schritt zur Seite. „Ja, aber ... was ist denn passiert?"

„Herr Moldenhauer ist tot. Er hatte den CD-Player auf Endlos-Schleife gestellt, deshalb konnte die Musik auch nicht aufhören. Können wir uns irgendwo setzen?"

„Tot?" Fräulein Überkirchen suchte nach einem zusätzlichen Halt, weil die Hand, die ihren Stock hielt, zu sehr zitterte. „Das hab ich nicht gewollt!"

Der Kommissar stutzte und sah ihr in die Augen. Gleichzeitig hangelte er nach einem Stuhl und schob sie vorsichtig zwischen die Armlehnen auf das Gobelinpolster.

„Was heißt das, nicht gewollt?", fragte er vorsichtig. „Ich hatte ihm den Kuchen hochgebracht. So gegen halb neun. Das war gar nicht so einfach für mich, die Treppe hoch, mit dem Teller und dem Stock... Wissen Sie, er tanzte wieder. Er tanzt schon seit drei Tagen, immer wieder, Wiener Walzer. Gestern hatte ich ihm noch ein paar Tipps gegeben und wenn er die Wolldecke im Arm hatte, sah es sogar ganz passabel aus .."

Sie verstummte und starrte den Kommissar an. Der nickte aufmunternd mit dem Kopf. „Und ..?"

„Er war ganz aufgeregt, so fröhlich, überdreht würde ich sagen. Weil er diese Drehung endlich schaffte. Und brachte den Kuchen in die Küche und kam mit einer Flasche Sekt zurück. Ich nahm nur einen Schluck und ging wieder hier runter und wollte warten, bis er ... bis er endlich -"

Der Kommissar unterbrach sie: „Er öffnete die Flasche Sekt in Ihrem Beisein? Und tanzte mit einer Wolldecke? Nun – ich glaube, das war sein Verhängnis."

Ewert stand auf und schüttelte mitfühlend den Kopf. „Der arme Kerl hat wohl vor lauter Begeisterung die Flasche alleine geleert und hielt sie in der linken Hand, in der rechten die Wolldecke. Zu viel Sekt, zu viele Drehungen und eine zu lange Wolldecke. Er muss über den Deckenzipfel gestrauchelt sein, zerschlug beim Fallen mit der Sektflasche die Balkontür und fiel so unglücklich in die Scherben, dass er verblutete .."

Fräulein Überkirchen umklammerte krampfhaft die Armlehnen ihres Stuhls. „Wie schrecklich! Und den Kuchen .. hat er nicht gegessen?"

Der Kommissar hob die Schultern. „Keine Ahnung, was war mit dem Kuchen?" Er umfasste ihre Hände und sah ihr ernst in die Augen.

Fräulein Überkirchen blickte entschlossen zurück und sagte bestimmt: „Nichts!"

Mit einem Ruck richtete Ewert sich auf, verließ die Wohnung und eilte die Treppe hinauf. Der Chef der Spurensicherung packte gerade die Sektflasche in einen großen Beutel und hob kurz den Kopf.

„Gibt's hier irgendwo ein Stück Kuchen?" Ewert sah sich suchend um.

„Hat dein Kollege eben auch schon nach gefragt. Der Kuchen in der Küche ist für uns nicht interessant, es fehlt kein Krümelchen!"

„Und wo ist er jetzt?"

„Wer, dein Assistent oder der Kuchen?"

„Beide!"

Lautes Schnarchen aus der offenen Schlafzimmertür ließ sie zusammenzucken. Ewert stieß die Tür ganz auf und starrte kopfschüttelnd auf seinen Kollegen.

„Nicht nur, dass er am Tatort einschläft, er frisst auch noch Beweismittel! Wenn es so war, wie ich vermute, können wir den die nächsten Stunden vergessen."

Geschrieben für: Donauleichen, Hrsg. Sisters in Crime, 143 S. SüdOst, Waldkirchen 2002.
ISBN 3-89682-100-8

Für diese Geschichte habe ich mir extra ein Xylophon zugelegt, um bei Lesungen das Taaatatatam nicht singen zu müssen.

Wenn bei einer Veranstaltung zufällig ein Klavier und ein passender Pianist anwesend sind, werden diese kurzerhand rekrutiert.

Main Tod[3]

Die Wellen klatschten leise an die Steine. Alwin umklammerte mit der linken Hand die Schachtel Schlaf-
tabletten, in der rechten hielt er eine Flasche Whiskey.
Einen stilechten Abgang wollte er.

Drei Monate hätte er noch, hatte der Arzt gesagt.
Das dreckige Mainwasser setzte zu einer Mini-Flut-
welle an, als der Lastkahn draußen vorbeigezogen war.
„Drei Schiffe noch ...", murmelte er und starrte auf
den Brückenturm auf der anderen Uferseite der Main-
brücke.

Er vermisste seine Freunde. Nicht, dass er wirklich
irgendeinen Menschen um sich herum gebraucht
hätte, aber der Absacker in der Kneipe abends machte
alleine keinen Spaß. Und auch die Wochenendausflüge
mit der Männerclique waren immer ganz nett und sehr
feucht-fröhlich gewesen.

Bis zu diesem einen an den Badesee.

Kurti war ein schmächtiges Kerlchen und auch
kein besonders guter Schwimmer. Völlig außer Atem
war er viel später als alle anderen an der Pontoninsel
angekommen und weigerte sich verbissen, beim
Kopfsprungwettbewerb mitzumachen.

Beim Feierabendbier auf der Seeterrasse konnte
es Alwin nicht lassen, Kurti damit aufzuziehen. Bis
dieser plötzlich aufsprang, runter lief ans Ufer, stehen
blieb und die Hände über dem Kopf zusammen nahm.
„Der soll das lassen, das ist viel zu flach da!"

Horst schüttelte den Kopf und hatte sich schon halb
aus seinem Stuhl erhoben.

„Na, mach schon, du Memme!", hatte Alwin laut gerufen und grinsend zugesehen, wie Kurti mit einem Satz kopfüber in den See stürzte.

Gelächter ging durch die Runde, weil Kurti wie wild mit den Beinen zappelte, als er sprang.

Kurti konnte seine Beine danach nie wieder bewegen.

Sie hatten ihn mit gebrochenem Brustwirbel aus dem hüfttiefen Wasser gezogen und sofort einen Krankenwagen alarmiert.

Beim nächsten Treffen in der Kneipe waren alle wortlos aufgestanden und gegangen, als er sich an die Theke setzte.

Jetzt trank er sein Bier eben alleine und grüßte Kurti immer ganz freundlich, wenn der ihm mit seinem Elektro-Rollstuhl begegnete.

Kurti grüßte nie zurück.

Zu Kurtis 50. Geburtstag in der letzten Woche hatte er sich den Spaß erlaubt und ihm eine Karte geschickt mit dem Gedicht „Stufen" von Hermann Hesse und freundlichen Grüßen.

Eine C&A-Plastiktüte schwappte unten an die Steine. Er ließ den Blick über die schnittigen Boote des Yachthafens gleiten und grinste.

Das Päckchen an seine Ehefrau hatte er vor ein paar Tagen persönlich bei ihr in den Briefkasten gestopft. Der knallrote, super knappe Minirock war ganz bewusst eine Kleidergröße zu klein gewählt – sie würde ihn doch nie anziehen ...

Wie hatte er ihren trotzigen Blick gehasst, wenn sie

sich abends ihre Wärmflasche mit dem Wasserkocher füllte.

Heute läuft nichts, hieß das. Ich hab meine Tage und Krämpfe und Schmerzen! Keine Frau hatte vierzehn Tage lang diesen Kram. Konnte sie ihm doch nicht weismachen.

Irgendwann hatte er voller Wut den Wasserkocher von der Anrichte gewischt.

Ihre Verbrennungen an beiden Beinen verheilten schlecht und die großflächigen Narben blieben hart und wulstig. Sie hatte alle ihre Röcke weinend in den Altkleidersack gestopft und zum Roten Kreuz gebracht.

Viele Monate hatte sie damals im Krankenhaus gelegen und ihm von dort aus die Scheidungspapiere geschickt.

Na und? Er brauchte niemanden.

Ein beleuchtetes Passagierschiff zog in der aufkommenden Dämmerung vorbei und gab mit dem Riesenrad der Michaelismesse im Hintergrund ein prächtiges Bild ab. Es hatte mächtig Fahrt mit der Strömung und zog eine große Bugwelle hinter sich her.

Noch zwei.

Seit er seine Arbeit nicht mehr hatte, waren die Tage richtig langweilig geworden. Er hatte sich die Zeit netter vorgestellt. So lange man täglich zur Arbeit musste, früh aufzustehen dazu gehörte und man nur aufs Wochenende hin lebte, schien ein freier Tag mitten in der Woche so erstrebenswert. Wenn alle Tage freie Tage waren, war nicht mal mehr das Wochenende etwas wert.

Er hatte sich ein wenig verrechnet.

Als er endlich Zugang zu den Konstruktionsplänen gehabt hatte, war der Firmenkopierer eine Nacht lang heißgelaufen. Mit diesem Packen war er dann auf eine Tournee durch die Konkurrenz-Firmen gestartet.

Die erste hatte seinen Preis nicht zahlen können. Trotz gewaltigem Interesse an seinen Informationen.

Gleich bei der zweiten Kontaktaufnahme hatte es prima ausgesehen – die Geldübergabe war schon terminiert – nur war es nicht ein Kontaktmann des Käufers sondern ein Polizist in Zivil gewesen, der den Geldkoffer brachte.

Er war schlau genug gewesen, die Kofferübergabe als reine Gefälligkeit unter Kollegen abzutun. Sämtliche Kontaktmails hatte er vom Rechner seines Kollegen mit dessen Kennung verschickt und auch der Kopierer hatte die Spionagekopien unter dem Passwort des Kollegen gespeichert. Der stritt zwar alles ab, aber die Beweise waren zu eindeutig. Zwei Jahre hatte der Kollege gesessen und erst seit letzter Woche befand er sich wieder auf freiem Fuß.

Was mit dem Koffer passiert war, der bei der falschen Übergabe verschwand, wurde nie aufgeklärt. Die angebliche Käuferfirma hatte ihn bei der Geldübergabe hochgehen lassen, trotzdem die Pläne verwertet und riesige Gewinne eingefahren.

Das hatte seinem Arbeitgeber das Genick gebrochen. Die Firma ging pleite und auch er verlor seinen Job.

Er brauchte wenig Geld und besaß das Haus seiner Eltern – es ging ihm nicht wirklich schlecht. Sein früherer Chef allerdings schien ziemlich abgerutscht zu sein.

Erst gestern wurde Alwin von ihm bei einer Imbisskette bedient. Das war vielleicht ein Spaß, die Bestellung drei Mal abzuändern und sich dann lauthals über die Inkompetenz auszulassen. Sein Ex-Chef stand mit hochrotem Kopf und Schaumbläschen in den Mundwinkeln hinter der Computerkasse und tippte wie wild die Stornos hinein. Dem eisigen Blick hielt Alwin grinsend stand.

Der Kohlekahn fuhr leer und glitt ganz leicht über die Wellenkämme. Er schaute ihm lange nach. Sein Blick fiel auf die beiden Türme der St. Jakobuskirche mit der Mildenburg im Hintergrund.

Fast konnte er es sehen, das Haus seiner Eltern, aber es wurde von dem mächtigen Kirchenschiff verdeckt. Mietfreies Wohnen ermöglichte ihm erst dieses angenehme Leben. Es war nicht schwer gewesen, seinen Vater für unzurechnungsfähig erklären zu lassen und ins Heim abzuschieben. Nach dem Tod seiner Mutter hatte er noch ein paar Monate gewartet und in dieser Zeit Indizien gesammelt. Das vergessene Bügeleisen, das sich durch das Bügelbrett fraß und einen Feuerwehreinsatz auslöste und die falsch angeschlossene Deckenlampe, die beim ersten Einschalten den kompletten Straßenzug in völlige Dunkelheit legte, waren durch seine Manipulationen entstanden und er sorgte dafür, dass sie aktenkundig wurden.

Für den abgerutschten Axthieb, der seinen Vater die linke Daumenkuppe kostete, konnte er nichts, aber das war der passende Moment gewesen, den überbesorgten Sohn zu spielen und die Einweisung zu beantragen.

Weit hinten sah er einen Schlepper kommen. Er stand auf, nahm einen tiefen Schluck aus der Flasche. Er achtete nicht auf das leise Quietschen von Gummi- rädern auf dem Asphalt.

Er öffnete die Tablettenschachtel. Abwechselnd stopfte er sich drei Tabletten in den Mund und nahm einen großen Schluck Whiskey zum Nachspülen.

Immer wieder. Bis die komplette Schachtel leer war. Er würde sich von diesem Krebs nicht auffressen lassen.

Mit einem kleinen Lächeln wandte er sich um.

Sollte doch das dritte Schiff vorbei fahren. Er würde nicht mehr hier sitzen und über sein Leben nachdenken. Und über den Tod.

Er sah die Hand und die Pistole und hörte das Klicken des Abzugs.

Die Kugel zerfetzte seine Halsschlagader und blieb in seinem Kleinhirn stecken.

Er war sofort tot.

Der Mörder hätte nur noch diese Nacht abwarten müssen …

Geschrieben für: Und ruhig fließt der Main, Hrsg. Simone Jöst und Anne Hassel, 188 S. Königshausen & Neumann 2008
ISBN: 978-3-8260-4069-6

Ich danke Anne Hassel, die meine Fernrecherche zum Schau- platz Miltenberg unterstützt und abgesegnet hat.
Sie möchten wissen wer es war? Ich denke, meine Hinweise sind eindeutig!

Von Leichen und Mäusen

Sie hätte die linke Augenbraue nicht so hochziehen sollen. Nicht so. Nicht auf diese Art.

Genau so wie Elvira.

Seit über zwölf Jahren gehörte es zu den Aufgaben von Oskar Maus, nicht nur die Firmenfahrzeuge sondern auch die Privatwagen der Geschäftsleitung zu warten, zu pflegen und pünktlich aufzutanken. Frau Willerich, die ältliche Chefsekretärin, hatte dieses Privileg irgendwann ganz selbstverständlich auch für sich selbst beansprucht und seit dieser Zeit sorgte er dafür, dass auch ihr silbernes Cabrio immer picobello in Ordnung war.

Die Firma hatte fast vierhundert Mitarbeiter, und Oskar Maus hielt sich für einen der wichtigsten. Er war sozusagen Chef-Hausmeister. Er befehligte sieben Leute, Schlosser, Elektriker, einen Gärtner und einen Schreiner, für alle Reparaturarbeiten, die den reibungslosen Ablauf der drei Schichten täglich sicherstellten. Er selbst war ausgebildeter Installateur und für die Heizung der gesamten Betriebsräume zuständig.

Die Kellerräume waren allein sein Revier, und er duldete niemanden in diesem Bereich.

Die einzige Ecke in dem ganzen Laden, wo ich nicht der Arsch vom Dienst bin.

Frau Willerich stand vor ihm und musterte ihn von

oben bis unten. Sie hatte die linke Augenbraue weit hochgezogen, was den Ausdruck des Missfallens auf ihrem Gesicht enorm verstärkte.

„Herr Maus, mein Auto hat hellbeige Ledersitze - war es wirklich nötig, mit diesen schmutzigen Hosen zur Tankstelle zu fahren? Wenn ich irgendwo Spuren von dieser Ölschmiere entdecke, dann...! Das geht ja nie wieder raus!" Ihr Gesichtsausdruck wechselte ins Unglückliche. Ihr Cabrio war ihr ganzer Stolz und ihr einziges privates Vergnügen, da sie es bisher nicht geschafft hatte, eine ihrer spärlichen Affären über die erste Nacht hinaus zu retten.

Maus lächelte schwach und versprach besänftigend: „Ich krieg das wieder raus, wenn da was dreckig ist, keine Sorge." Er nickte ihr noch einmal zu, drehte sich um und machte sich auf den Weg in den Heizungskeller, um alles vorzubereiten.

Sie hätte die Augenbraue nicht auf diese Art hochziehen sollen.

Elvira, diese Schlampe. Nicht mehr ganz taufrisch, aber einen auf mondän machen. Und hinter den Hosen her wie der Teufel hinter der armen Seele. So eine, die alles kennt, nur keine Hemmungen. Weiß bis heute nicht, warum sie damals bei mir gelandet ist. Ich meine, warum gerade bei mir? Egal, wenn du so eine ins Bett kriegen kannst, fragst du nicht lange. Aber dann ihr Tempo, ihre nuttige Anmache, ihr versautes Mundwerk, da kam ich nicht mehr mit. Das war zuviel. Kein Wunder, dass ich nicht konnte. Beim ersten Mal nicht, und beim zweiten Versuch lief auch nichts. Ich saß da am Kopfende vom Bett, schlapp wie Harry. Nix tat sich. „Tja, mein Lieber, das war wohl nichts!", hat sie quer über die Matratze geflötet, „oder passiert dir das öfter?" Ich konnte keinen Ton rausbringen, nur auf die Lippen beißen. „Weißt du,", hat sie weiter geträllert und sich dabei angezogen, „bei mir hat noch jeder seine zweite Chance bekommen. Fair ist fair. Aber die hast du ja auch nicht genutzt." Dann ist sie davongestöckelt. Und in der Tür dreht sie sich um, peilt zurück über die Schulter und zieht so die linke Augenbraue hoch.

Scheiße, hab ich mich erbärmlich gefühlt. Mies und klein und peinlich und ein erbärmlicher Versager. Hab mich in den Schlaf gesoffen. Am Morgen, da hatte ich dann nur noch Wut auf sie. Kalte, wahnsinnige Wut. Ich hätte sie umbringen können.

Hab ich mich aber noch nicht getraut, damals.

Dass Frau Willerich fehlte, war außergewöhnlich. Ihre Zuverlässigkeit, Pünktlichkeit und ihre robuste Natur waren vorbildlich.

Dass Frau Willerich unentschuldigt fehlte, war eigentlich unmöglich. Und doch blieb ihr Arbeitsplatz jetzt schon den zweiten Tag leer, ohne dass sie eine Begründung angegeben hatte. Bei ihr zu Hause lief der Anrufbeantworter und das Cabrio fehlte. Als dieses einige Tage später unverschlossen auf dem Flughafenparkplatz gefunden wurde, brodelte die Gerüchteküche. „...einfach so auf und davon..", „..ein neuer Lover..", „...spätes Glück für das späte Mädchen.." wurde quer über die Flure geflüstert und später, als die erste Woche ohne Nachricht von Frau Willerich vergangen war, ganz offen getratscht.

Eine Zeitarbeitsfirma füllte die fast unersetzliche Lücke, die Frau Willerich hinterlassen hatte mit ihrer besten Kraft und bald war Gras über die Sache gewachsen.

Gras ...

Der üppige Graswuchs rund um das Verwaltungsgebäude fiel auch in den Zuständigkeitsbereich von Oskar Maus. Dem Gärtner übertrug er gerne das Umgraben und Unkrautjäten – das Kreiseziehen mit dem Aufsitzmäher ließ Oskar Maus sich aber nicht nehmen. Jeden Montag wenn das Wetter es zuließ, startete er pünktlich um drei am Nachmittag das knallrote Gefährt und fuhr in schöner Regelmäßigkeit seine perfekten Bahnen und Kreise.

Jeder Mitarbeiter nahm Rücksicht auf dieses Ritual und parkte das Auto weit genug vom Pflasterrand des Parkplatzes, damit Maus die Rasenkante perfekt stutzen konnte.

Fast jeder.

Bereits letzten Montag hatte die Motorhaube des alten, klapprigen, weinroten Golfs so weit über den Randstein geragt, dass Maus einen kleinen Bogen fahren musste. Heute stand das Fahrzeug mit dem Heck zur Rasenfläche, und die Anhängerkupplung war ein provozierendes Hindernis.

Das einzig Vernünftige an diesem Idiot ist, dass er eine Anhängerkupplung an seiner alten Rostschleuder hat. Der schöne Ingo hatte natürlich keine, nicht an seinem aufgemotzten Amischlitten.

Maus schob die Baseball-Kappe, die seine Halbglatze vor der Sonneneinstrahlung schützen sollte, weit ins Genick und kratzte sich an dem einsamen Haarbüschel über seiner Stirn. Er überlegte kurz und ging dann mit langen Schritten auf die Produktionshalle zu.

Wild gestikulierend stand er gleich darauf vor dem Vorarbeiter und schrie gegen den Montage-Lärm an: „Der rote Golf..?!" Mit einer Kopfbewegung wies der Mann schräg hinter sich. Ein junger Kerl im Blaumann stand pfeifend an der Werkbank und wies nur schulterzuckend auf die Stöpsel in seinen Ohrmuscheln, als Maus begann, in höchster Lautstärke auf ihn einzureden. Den Versuch, ihn nach draußen zu ziehen, wehrte der junge Mann mit einer raschen Kung-Fu-Bewegung ab und sah Maus mit warnendem Blick direkt in die Augen. Dann musterte er den Hausmeister, der einen Kopf kleiner war als er selbst, und grinste.

Er hätte dieses abfällige Grinsen besser lassen sollen...

Der schöne Ingo, der Schwarm aller Vorstadtbedienungen. Wenn der mit seinem „American Car Club" irgendwo einfiel, warst du abgemeldet. Dann hieß es nur noch, hallo Ingo, toll dass du mal wieder hier bist, was darf's denn sein für die hübschen Damen. Alle scharwenzelten um ihn rum und wir Normalverbraucher durften eine halbe Stunde aufs Bier warten. Mindestens.

Diese Angeberschlitten nerven mich an, Chrom und Lack und Airbrush-Bildchen, und die Typen noch mehr. Ich geh da nicht mehr hin. Seit damals. Früher bin ich oft um die hochglanzpolierten Karren rumgeschlendert, wenn sie wieder auf dem Supermarktparkplatz standen, mit hochgeklappten Motorhauben und offenen Türen, wie Maikäfer im Landeanflug. Camaros, Firebirds, Pickups mit Gummiwalzen wie die Formel 1. Und all die aufgedonnerten Weiber drumrum, rosa Lippenstift, knappe Tops und knackarschenge Jeans – jedenfalls stand ich plötzlich vor Ingos lilametallicfarbener Corvette. Die angeberischste Kiste von allen. Der Wagen hat mich einfach provoziert, wie er da stand mit offener Haube, darunter acht riesige chromfarbene Zylinderköpfe, mit einem Schild an der Windschutzscheibe: „Baujahr 1974, V8, 7996 ccm, 2 Kompressoren, 870 PS, Schätzwert 170000 DM, UNVERKÄUFLICH!!!" Schon da ist mir die Galle hochgestiegen. Daneben noch ein Schild mit dem Satz: „Nächste Vorführung 14 Uhr – einmal Anlassen gegen eine Spende von 10 DM an den American Car Club." Mann, hab ich mich aufgeregt. Wie kann man nur so ein Arschloch sein. Wie kann man nur mit so einer bekloppten, überdrehten Schüssel rumprotzen! Ich bin um den Wagen rumgeschlappt, Hände in den Hosentaschen, und hinten auf dem Fenster hab ich dann den Schriftzug entdeckt. Ganz mini klein nur, in weißen Buchstaben, aber der hat das Fass zum Überlaufen gebracht: „Wer bremst, verliert!" Das war's, endgültig. Ich habe einmal kurz hochgezogen und ihm quer über seinen lilametallicfarbenen Kotflügel gerotzt. Sieht ja keiner, hab ich gedacht.

Aber eben nur gedacht. Das nächste, woran ich mich erinnerte, ist, dass plötzlich meine Ellenbogen hinter meinem Rücken zusammengedrückt wurden wie mit einem Schraubstock. Ich versuchte mich umzudrehen und sah so halbwegs einen bulligen Riesenkerl, der mich festhielt und noch mehr zudrückte. So ein Bodybuilder mit Glatze. Ich konnte mich kaum rühren. Vor mir tauchte ein langer hagerer Typ auf, mit Pferdeschwanz und Dreitagebart. Dann machte es „Klick!", und einen Zentimeter vor meinen Augen hielt er mir ein Schnappmesser hin. Dann Ingos smarte Stimme: „Was ist denn los, Django? Was macht ihr da?" Der Hagere schleimte: „Der Typ hier mag dein Auto nicht, Ingo!" „Warum, was hat er getan?" „Angerotzt." Ingo schob den Hageren zur Seite und stand vor mir. Seine Stimme wurde noch sanfter: „Wollen wir das nicht wieder wegputzen? Ablecken, versteht sich. Wie heißen wir denn überhaupt?" Inzwischen war ne Menge Leute zusammengelaufen. Ich hab nix gesagt, aber der Bulle hat noch fester zugedrückt. Durch meine rechte Schulter zuckte ein höllischer stechender Schmerz. „M-mm-maus", hab ich gestammelt, und da haben alle angefangen zu lachen. Nur Ingo nicht. „Oh Gott, ein graues Mäuschen, ich fass es nicht!" hat er gesagt, smart wie immer, und dann mit gefährlichem Unterton: „Also, Mausi, ablecken ist angesagt!". Der Bulle hat noch fester zugedrückt, und der Hagere hielt mir wieder sein Stilett vor die Nase. Ich zitterte, mir brach der Schweiß aus. Ich hatte Schiss wie noch nie. Und plötzlich wird's mir warm am Latz und die Beine runter. Der Hagere schnüffelt, guckt mir auf die Hose und verzieht die Visage: „Ey, Ingo, der Typ hat sich bepisst!" Jetzt schütten sich alle aus vor Lachen, halten sich die Bäuche, und der Bulle dreht mich hin und her, dass es alle sehen können. Ich kann nicht anders, ich fange an zu wimmern. Alles grölt. Der einzige, der nichts sagt, ist Ingo. Ingo grinst nur abfällig.

Der weinrote Golf stand nie wieder auf dem Firmenparkplatz. Weder völlig korrekt noch aufmüpfig über die Rasenkante geparkt. Der Vorarbeiter war Kummer gewöhnt mit den jungen Kerlen, die unzuverlässig waren und plötzlich nicht mehr zur Schicht erschienen. Von diesem hätte er es nicht gedacht. Er hatte gute Arbeit geleistet und seine Kollegialität und Fröhlichkeit hatten ihn überall beliebt gemacht. Fast immer pfiff er vergnügt vor sich hin oder hatte ein Lächeln auf den Lippen.

Nur dieses abfällige Grinsen hätte er besser lassen sollen.

Tja, der schöne Ingo, der wäre damals fast der erste geworden. Ich hatte den Fuß schon über dem Gaspedal. Ein paar Tage später, als er nachts auf dem Parkplatz vor meinem alten Kadett Caravan vorbeilief. Ich hätte nur durchtreten müssen. Aber damals fehlte mir noch das letzte Stückchen Mut.

Mareike rannte völlig außer Puste über den Vorplatz, nahm die Stufen zur Eingangshalle des Verwaltungsgebäudes mit drei großen Sätzen und stürmte auf die Stechuhr zu.

„Mist! Schon wieder zu spät!" Sie stampfte mit dem Fuß auf und begann, nachdenklich an ihrer Unterlippe zu nagen, während sie dem Sekundenzeiger zusah, der unerbittlich auf die sechste Minute nach Arbeitsbeginn zusteuerte.

„Gib mir deinen Chip, ich regle das für dich." Die sanfte Stimme direkt hinter ihr ließ sie herumwirbeln und sie schenkte Maus ihr nettestes Lächeln, als sie ihm den elektronischen Schlüsselanhänger in die Hand drückte.

Die kleine Mareike, das war die einzig wirklich Nette in dem ganzen Laden. Natürlich viel zu jung für unsereinen, aber halt immer freundlich. Zutraulich. Sogar zu mir. Dass es so ein Ende nehmen musste mit ihr...

Mareike war ein Sonnenscheinchen, jeder in der Firma mochte sie. Offen und liebenswert überlächelte sie all ihre Unzulänglichkeiten – nur bei ihrem Ausbilder wollte ihr das einfach nicht gelingen. Er hatte sie auf dem Kieker, weil sie mindestens einmal pro Woche zu spät kam, und war leider gegen ihre wonnige Ausstrahlung völlig immun. Hausmeister Maus hatte ihr schon mehrfach aus der Patsche geholfen; er wusste, wie man die Software der Stechuhr überlisten konnte.

„Ich werd' Sie dafür in mein Nachtgebet einschließen!" flüsterte Mareike ihm ins Ohr, grinste ihm verschwörerisch zu und stürmte dann, immer zwei Stufen auf einmal nehmend, hinauf in den dritten Stock. Maus fasste sich verträumt lächelnd an sein Ohr, wo ihn Mareikes Mund kurz gestreift hatte und versenkte ihren Chip tief in der Tasche seiner Arbeitshose.

Scheiße, das mit Mareike. *Scheiße, Scheiße, Scheiße.* Das einzige Mal, wo ich es wirklich nicht gewollt habe.

Jennifer, wie Mareike im dritten Lehrjahr, atmete

erleichtert auf, als diese vorsichtig die Bürotür öffnete und um die Ecke lugte. „Komm rein, hat keiner was gemerkt! Aber die Stechuhr.." Mareike zwinkerte ihr zu und ließ rasch ihren Computer hochlaufen. „Unser Hausmeister, Maus heißt er, regelt das für mich! Einmal lächeln, und er ist weich wie Wachs!" Jennifer verzog den Mund und murmelte: „Na, das lass ihn mal besser nicht hören – den Spruch hasst er doch wie die Pest! Hausmeister – Maus-heißt-er, auch wenn er immer grinst, wenn das einer sagt." „Ich weiß," Mareike rollte mit den Augen, „er guckt dann immer so komisch und ballt die Hände zu Fäusten in der Hosentasche und denkt, es merkt keiner. Aber egal, solange er mir den Ärger vom Hals hält…? Heute ist sowieso mein letzter Arbeitstag, morgen geht's mit der Clique für zehn Tage nach Mallorca – da kann mir der ganze Kram hier gestohlen bleiben!" Mareike grinste verschmitzt und tippte eifrig auf die Tastatur ein, als Herr Maurer, ihr Ausbilder, das Büro betrat.

Kurz nach fünf am Nachmittag lief sie suchend über die Flure im Erdgeschoß. Sie brauchte ihren Chip wieder, um sich ordnungsgemäß in den Urlaub abzumelden. Maus war weder im Hausmeisterbüro noch draußen irgendwo zu sehen. Entschlossen stapfte sie die Treppe zum Untergeschoß hinunter. Er war bestimmt in seinem Refugium, dem Heizungskeller, zu finden.

Maus hatte den weinroten Golf am Vortag pünktlich zum Schichtwechsel vom Firmenparkplatz gefahren und auf einem großen Supermarktparkplatz zwischengeparkt. In der letzten Nacht hatte er an der abschüssigen Stelle des Baggersees die Handbremse gelöst und lächelnd zugesehen, wie die Klapperkiste im Wasser versank. Als er heute morgen auf dem Weg zur Arbeit zur Kontrolle noch mal am Ufer des Sees vorbeigeradelt war, hatte er mit Entsetzen festgestellt, dass noch drei Zentimeter der Dachantenne aus dem Wasser ragten. Ohne lang zu überlegen war er ins Wasser gestürzt, hatte die Antenne abgeschraubt und in die Metermaßtasche seines Blaumanns gesteckt. Mit klatschnassen Kleidern war er am Arbeitsplatz angekommen. In seinem Büro zog er eine trockene Arbeitshose an und brachte den tropfenden Overall zum Trocknen in den Heizungskeller. Direkt über dem Torso des frechen Golf-Fahrers klammerte er das nasse Teil an die Wäscheleine. Arme, Beine und Kopf hatte er bereits verfeuert, die Zerteilung des Rumpfes hatte er sich für den frühen Abend vorgenommen.

Maus lächelte bei dem Gedanken, wie bereitwillig dieser überhebliche Typ ihm in den Keller gefolgt war, als er ihm in gespielter Unterwürfigkeit und Demut etwas von Niederquerschnittsreifen auf passenden Felgen vorgefaselt hatte, die angeblich herrenlos im Firmenuntergeschoß vor sich hin dümpelten. Die Paketschnur, von hinten um den Hals geworfen und ruckartig zugezogen, hatte ihn in die Knie gehen lassen.

Besser als ein Draht. Geschmeidiger, nicht so starr.

Bei Frau Willerich, die in ihrer ständigen Überheblichkeit nicht glauben wollte, dass die Abgas-Untersuchung der Heizung wieder anstand, weil in ihren Unterlagen etwas anderes vermerkt war, hatte er die Schnur auf andere Weise benutzt. Der dünne, feste Faden, quer über den Absatz der Kellertreppe gespannt, ließ sie straucheln. Mit gebrochenem Genick rollte sie direkt vor die Tür des Heizungskellers. Maus musste sie nur noch hineinziehen. Auch sie hatte er mit dem elektrischen Fuchsschwanz zerteilt, den er jetzt aus dem Regal holte. Gerade als er die Säge ansetzte, um den Schnitt quer zur Gürtellinie zu führen, ließ ihn ein Geräusch herumfahren. Mareike stand reglos und starrte auf den Körper auf dem Betonboden. Ihre Arme hingen kraftlos herunter, und ein Würgen in ihrer Kehle ließ einen Streifen hellen Breies aus ihrem Mundwinkel laufen.

Damals war ich es, der gekotzt hat. Damals, beim ersten Mal.

Das Würgen schüttelte Mareike stärker, und ihr Körper krümmte sich nach vorne. Maus ließ den Fuchsschwanz fallen und war mit drei schnellen Schritten bei ihr. Vorsichtig streifte er ihr die langen Haare aus dem Gesicht und hielt sie mit der rechten Hand in ihrer Halsbeuge zusammen, während er mit der Linken zart ihre Wange streichelte. Mareikes gesamter Mageninhalt platschte auf seine Schuhe, und heftiges Würgen und Schluchzen schüttelten ihren schmalen Körper.

Sanft wischte Oskar ihr mit seinem Taschentuch die Mundwinkel sauber.

„Du hättest das nicht sehen dürfen." flüsterte er ihr ins Ohr.

Er packte ihre Schultern und zwang sie, ihn anzusehen. „Du hättest das nicht sehen dürfen!" sagte er eindringlich. Als er ihr die Hände um den Hals legte und zudrückte, schrie er fast: „Du hättest das nicht sehen dürfen!"

Das blöde Vieh hat gezuckt und gequiekt, dass es nicht zum Aushalten war. Mist, hab ich gedacht, muss der Köter drei Meter vor meinem Auto auf die Straße laufen, und das auch noch direkt bei meiner Bude. Wenn er wenigstens gleich tot gewesen wäre. Aber nein, er hat auf dem Asphalt gelegen und gezuckt und gequiekt. Ich hab ihn in den Schuppen geschleppt und wie ein Wahnsinniger nach was gesucht, womit ich ihn alle machen konnte. Dieses Zucken und Quieken, das hab ich einfach nicht ausgehalten. In der Schublade der alten Werkbank hab ich dann den Draht gefunden. Um den Hals und zugezogen, und das Zucken und Quieken hatte ein Ende. So einfach ist das, hab ich gedacht ich, und gefühlt hab ich mich so merkwürdig – leicht! Da sagt plötzlich hinter mir jemand: „Herr Maus, was haben Sie da getan!" Ich dreh mich rum, und hinter mir in der Tür steht die alte Lüding im Mantel mit ihrer Handtasche, als ob sie gerade weggehen will. „Herr Maus", sagt sie mit diesem Ton in der Stimme, wie sie immer geredet hat, als ob sie nur drauf wartet, dass sie was findet, worüber sie meckern kann, „Herr Maus, ich habe alles gesehen! Sie sind ein Tierquäler! Ein Mörder! Nicht nur dass Sie die Miete unpünktlich zahlen, nicht nur dass Sie die Wohnung verkommen lassen, ständig auf dem Bürgersteig parken und betrunken nach Hause kommen, jetzt haben Sie auch noch diesen armen Hund umgebracht. Ich werde Sie anzeigen, bei der Polizei. Und am nächsten Ersten ziehen Sie hier aus, dass Sie's nur wissen!" Dann dreht sie sich in der Tür vom Schuppen um und will gehen. In dem Moment hat es mich gepackt.

Natürlich hatte ich Schiss, wegen der Polizei und weil sie mich rausschmeißen wollte. Aber dann kam mir die Wut hoch. Eiskalte Wut auf die bösartige alte Ziege, weil sie mich immer wieder schikaniert und mir das Leben zur Hölle gemacht hat. Abkassiert ohne mit der Wimper zu zucken, aber immer nur gemeckert. Hatte mich regelrecht auf dem Kieker, die Alte. Weil sie genau gewusst hat, dass ich mir nichts Teureres und Besseres leisten konnte als die alte Kaschemme in ihrem Hinterhaus. Und sie hat dieses verdammte Klingelschild angebracht: Oskar Maus, Hinterhaus. War gleich der erste Krach mit ihr, am Tag wo ich eingezogen bin. Ich hatte von Anfang an die Arschkarte gezogen bei ihr. Wie so oft.

„Sie hätten das nicht sehen dürfen", hab ich gesagt, „Sie hätten das einfach nicht sehen dürfen!"

Ich hatte immer noch den Draht in der Hand, und ich hab keine Sekunde nachgedacht. Um den Hals und zugezogen. Wie ich zuziehe, kommt ihre Zunge aus dem Mund, lang, blass und eklig. Sie hat nur kurz gezuckt und noch nicht mal gequiekt. Und in den großen Müllsack gepasst hat sie auch noch, samt Mantel und Handtasche. Heute liegt sie zusammen mit dem Köter im Wald begraben, in der Nähe der Mülldeponie. Ich hab sie beide noch in derselben Nacht rausgefahren und verbuddelt. Eine Woche später wurde sie vermisst, und die Polizei kam, um alles zu untersuchen und

Fragen stellen. Sie haben nix gefunden, keine Spuren und auch nie die Leiche. Und verdächtigt haben sie mich auch nicht.

Erst wie die Polizisten wieder weg waren aus meiner Bude fing der Film in meinem Kopf an zu laufen. Ich hab die Szene immer wieder gesehen, den Hund, meine Hände mit dem Draht, die alte Lüding mit ihrer schrecklichen Zunge. Angst hatte ich, höllische Angst, Ekel und gleichzeitig ein unglaubliches Gefühl von Triumph. Dann wurde mir schlecht. Ich bin aufs Klo, und mir hat sich der Magen umgedreht wie noch nie zuvor in meinem Leben. Mir kam es vor, als hätte ich alles rausgekotzt, was ich die letzten paar Dutzend Jahre gefressen, gesoffen und geschluckt habe.

Maus war völlig perplex, als ihn Odenwälder auf die Bühne bat. Die Betriebsversammlung war reibungslos verlaufen, Maus hatte dafür gesorgt, dass die Stühle reichten und selbst die Mikrofon-Anlage überprüft. Der Geschäftsführer hatte eine langatmige Rede zur Situation der Firma gehalten und weckte all diejenigen, die schon sanft weggeduselt waren, mit seinem lauten Ruf: „Und jetzt... jetzt möchte ich gerne unseren Herrn Maus auf die Bühne bitten!"

Mich? Wieso mich?

Unsicher durchforschte Maus auf dem langen Weg an den Stuhlreihen entlang sein Sündenregister, aber er hatte sich nichts zuschulden kommen lassen in den letzten Tagen und Wochen. Er hatte keinen Termin verpasst, keinen Tag gefehlt, keinen Auftrag unerledigt gelassen. Als er die Stufen zur Bühne betrat, zitterten seine Hände und er faltete sie verkrampft vor seinem Bauch zusammen.

Was will er von mir, der Chef, vor all den Leuten? Scheiße. Bleib ruhig.

Als ihm Odenwälder seine Hand hinstreckte um ihm zu gratulieren, musste Maus die ineinander verschlungenen Finger voneinander lösen, und er griff schnell zu, damit niemand sein Zittern bemerkte.

„Zwanzig Jahre sind es heute auf den Tag genau, mein lieber Herr Maus, dass Sie hier in der Firma für Ordnung sorgen!"

Oh, Scheiße. Na ja, wenigstens nichts Schlimmes. Puh... Reiß Dich zusammen! ... Ich will weg hier von den vielen Leuten, weg und in meinen Heizungskeller. Oh, was ist das denn?

Odenwälder winkte, und Frau Sauber, die neue Chefsekretärin, brachte einen großen Präsentkorb, gefüllt mit Delikatessen aller Art. Mit ihrem netten Lächeln überreichte sie Maus den Korb, und dieser starrte auf ihre Augenbrauen, deren feiner Schwung dort blieb, wo er hingehörte, und sich keinen Millimeter nach oben bewegte. Frau Sauber gefiel ihm. Sie war viel jünger als Frau Willerich, etwas burschikoser, sehr hübsch und charmant und so gar nicht überheblich.

Hey! Nicht schlecht! Echt nicht schlecht! Und diese neue Sekretärin ist ja... Aber wieso schenken die gerade mir...?

Maus hatte vor lauter Staunen den Beginn seiner Ehrenrede verpasst und hing seinen Gedanken nach, als ihn das Wort „Schrullen" aus seiner Abwesenheit riss. Verwirrt starrte er Odenwälder an.

Was sagt der da?

„.. natürlich immer auch liebenswert auf seine Art", fuhr Odenwälder jovial fort, „und wir alle haben uns daran gewöhnt, dass montags korrekt geparkt werden muss, nicht wahr?" Odenwälder lächelte Maus ins Gesicht.

Nein, nicht..

Im Saal machte sich Gemurmel und Gekicher breit. Odenwälder wandte sich wieder dem Publikum zu, leutselig und vergnügt. „Und ich hoffe, dass Sie alle daran gedacht haben! Gestern war Montag, es hat geregnet, heute scheint die Sonne –

Lass es. Lass es, lass es. Red nicht weiter. Lass es bleiben. LASS ES!!!

– also gnade ihnen Gott, wenn ihre Stoßstange unserem besten Herrn Maus im Wege sein sollte!" Das Gekicher ging in lautes Gelächter über. „Unser Hausmeister, Mausheißter –

Hausmeister, Mausheißter. Hausmeister, Mausheißter. Oskar Maus, Hinterhaus. Arschkarte.

– wer kennt hier im Haus nicht diesen Spruch und hat sich nicht schon herzlich darüber amüsiert?" Der ganze Saal klatschte und Odenwälder lachte über das ganze Gesicht. Maus starrte ihn an. Der Korb rutschte ihm aus der Hand und klirrend ging eine Weinflasche zu Bruch.

Du.. du Schwein! Ich bring dich...

Mit zwei schnellen Schritten stand Maus vor dem Geschäftsführer und packte ihn mit beiden Händen fest am Anzugrevers. Das Klatschen verplätscherte und Odenwälders Lachen war schlagartig verschwunden.

Ich... nein, ich... Mist. Verdammt.

„Ich.. Ich .." Maus begann zu stottern und ließ die Hände langsam sinken. Er starrte einen kurzen Moment auf den Boden, blickte dann in den Saal und sagte leise –

Weg. Nur weg hier. Raus.

„Ich geh jetzt den Rasen mähen."
Im Saal blieb es totenstill, sein Weg bis zur Tür erschien allen endlos. Erst als Maus verschwunden war, setzte Getuschel und Gemurmel ein. Odenwälder stand kopfschüttelnd auf der Bühne und Frau Sauber sammelte den Inhalt des Korbes wieder ein.

Arschkarte. Arschkarte. Arschkarte.

Oskar Maus öffnete die Garage und startete den Aufsitzmäher. Auf dem Weg zur Startposition fuhr ein Porsche-Cabrio an ihm vorbei, schwenkte in den Parkplatz der Geschäftsleitung ein und wurde, da keine Lücke mehr frei war, schräg mit beiden Vorderreifen und dem rechten Hinterreifen auf der Rasenfläche abgestellt. Ein junger Mann stieg schwungvoll aus und griff nach dem Aktenkoffer auf dem Rücksitz. Darin waren, sorgfältig geordnet und zusammengestellt, seine Bewerbungsunterlagen.

„Weg da!" schrie Maus ihn an. „Fahr weg da!"

Der junge Mann drehte sich zu ihm um, zeigte ein jungenhaftes Grinsen, schüttelte kaum merklich den Kopf und deutete mit der rechten Hand auf seine Armbanduhr am linken Handgelenk. Dann machte er Anstalten, Maus den Autoschlüssel zuzuwerfen, aber dieser verschränkte die Arme vor der Brust und starrte zurück, die Augen zu Schlitzen verengt. Das Lächeln des jungen Mannes wurde schiefer. Er hob den Kopf und den rechten Arm und ließ den Schlüsselbund einfach vor sich auf den Kies fallen. Dann drehte er sich um und ging mit großen Schritten zum Hauptportal.

Er hätte die Schlüssel nicht fallen lassen dürfen. Nicht so. Nicht mit diesem arroganten Gesichtsausdruck.

Maus hatte ihn eingeholt, noch ehe er sich beim Pförtner anmelden konnte.

Nicht so. Nicht mit mir. Nicht mit Oskar Maus vom Hinterhaus, dem Hausmeister, Mausheißter. Ich zeig's euch. Allen.

Keuchend kam Maus am nächsten Morgen in der

Firma an. Die Radelei von der Autobahn-Raststätte bis hierher hatte ihn außer Puste kommen lassen, aber das würde sich bald wieder geben.

Wieder so ne Scheiß-Protzkiste. Scheiß-Ingo. Arrogantes Arschloch.

Gleich mittags hatte er den Porsche zwei Straßen weiter abgestellt, um dann im Schutz der Dunkelheit sein Fahrrad auf die schmalen hinteren Notsitze zu packen und die Nobelkarosse an der A10 abzustellen. Die Schlüssel ließ er einfach stecken, er war sicher, das Fahrzeug war längst auf dem Weg nach Polen. Er selbst hatte die zweiunddreißig Kilometer mit dem Rad in knapp zwei Stunden geschafft und war stolz auf seine Kondition.

Den misstrauischen Blick, den ihm der Produktionsleiter in der Eingangshalle zuwarf, konnte er nicht recht einordnen. Auch dass der Elektriker sofort aus dem Büro verschwand, als er selber eintrat, nahm er nur am Rande wahr. Erst als der neue Azubi zitternd wie Espenlaub vor ihm stehen blieb und ihn mit großen Augen anstarrte, wurde Maus unsicher. Hatte er in der vergangenen Nacht den Heizungskeller auch wirklich abgeschlossen?

Der Keller. Wenn hier einer.. Scheiße. Hoffentlich hat nicht.. Um Himmels willen.

„Was starrsten so?" schnarrte er den Jüngling an. „Ich .. die ...", stotterte der zurück. Als Maus ihn barsch am Oberarm packte, sprudelte es nur so aus ihm heraus:

„Der Chef fehlt heute! Und die Frau Sauber auch! Und die sagen … die sagen, dass du … weil du doch so sauer warst...“

Ich..? Arschkarte. Mal wieder. Wie immer.

Maus ließ ihn los und schob beide Hände in die Hosentaschen. In gestrecktem Galopp rannte der Junge den langen Flur hinunter. Maus schrie ihm hinterher: „Ich hab denen doch nichts getan!“ und murmelte dann leise vor sich hin.

Denen doch nicht.

Das Verhör durch den Kommissar war lang und hart. Unerbittlich kaute der immer wieder die gleichen Fragen durch. Wieso er den Chef so angegriffen habe und wann er nach Hause gegangen sei und wieso Frau Saubers Wagen noch auf dem Firmenparkplatz stehe. Maus sagte einfach nur die Wahrheit. Dass er sich über diesen blöden Spruch schon seit Jahren ärgern würde, dass er den ganzen Nachmittag mit Rasenmähen beschäftig gewesen war und nur zwischendurch mal nach der Heizung gesehen hatte. Und erst lange nach dem Chef das Firmengelände verlassen hatte.
Dann konnte er gehen.

Sie sind hinter mir her. Jetzt sind sie hinter mir her. Dabei habe ich bloß – sie haben mich doch alle, die ganze Zeit …

Der Kommissar grübelte. Zwei erwachsene Menschen waren in dieser Nacht nicht nach Hause gekommen und am Morgen unabhängig voneinander als vermisst gemeldet worden. Erst bei der routinemäßigen Nachfrage in der Firma war der heftige Auftritt des Hausmeisters zur Sprache gekommen. Nur sein Gefühl sagte ihm, dass da irgendetwas nicht stimmte.

Maus traute sich den ganzen Nachmittag nicht in den Heizungskeller.

Obwohl jetzt wieder Platz im Kessel gewesen wäre. Demonstrativ suchte er sich Arbeiten, bei denen er von vielen Mitarbeitern gesehen wurde, ersetzte die plattgefahrene Außenleuchte am Parkplatz und befuhr mit der Kehrmaschine den Vorplatz der Montagehalle, wohl wissend, dass er aus vielen Fenstern heraus beobachtet wurde. Kurz vor Feierabend ließ ihn der Kommissar noch einmal holen.

Die Fragen waren die gleichen wie schon mittags.

Oskars Antworten auch.

Erst als ein Polizeibeamter ohne anzuklopfen ins Zimmer kam, ihn seltsam anstarrte und den Kommissar mit nach draußen nahm, ahnte Oskar Maus, dass er verloren hatte.

Arschkarte. Was sonst.

Aber er wusste nicht, wo er einen Fehler gemacht hatte. Durch die offene Tür hörte er den Beamten sagen: „Wir haben das Fahrzeug von Herrn Odenwälder gefunden. In einem Baggersee hier ganz in der Nähe. Zwei nackte Leichen darin. Er und seine neue Chefsekretärin. Haben wohl in der Ekstase die

Handbremse gelöst und sind in den See gerollt. Und konnten sich nicht mehr befreien, so verknotet, wie die waren." Der Polizeibeamte seufzte tief. „Das Auto haben wir nur entdeckt, weil noch ein Stück Dach und die Antenne rausgeguckt haben. Konnte nicht mehr weiter rollen, weil vor ihm NOCH ein Auto im Wasser stand. Ein weinroter Golf!"

Geschrieben für: „Mörderische Mitarbeiter"
Diese Geschichte habe ich mit Andreas Werle zusammen geschrieben, er übernahm jeweils den kursiv gedruckten Part aus der Sicht des Hausmeisters Oskar Maus.
Dieses Wechseln der Sichtweise und das Wechseln des Autors machte uns solchen Spaß, dass die Geschichte viel zu lang wurde und die Vorgaben des Verlages sprengte.

Seien Sie nett zu Ihren Kollegen – man weiß ja nie…

Sport ist Mord...

*Friedrich hob kurz den Kopf und ließ seinen Blick bei-*läufig über die Neuankömmlinge schweifen. Er hatte den Mund schon geöffnet, um den Suppenlöffel mit der Klaren Brühe hinein zu balancieren, als er sie sah. Regungslos starrte er sie an. Die Brühe tropfte zurück in den Teller und verteilte ein Muster von kleinen Spritzern auf dem weißen Tischtuch. Sein Mund blieb offen stehen und er vergaß fast, zu atmen.

Diese blitzenden Augen! Dieser zartrosa geschminkte, lächelnde Mund! Diese weißen Locken, die das schmale Gesicht umrahmten! Die lebendige Gestik, als sie mit dem Fräulein vom Service diskutierte, kurz an seinen Tisch herüber sah und dann lachend nickte.

Vorsichtig setzte sie nun Schritt für Schritt und blieb an seinem Tisch stehen. „Bretschneider, mit einem T, obwohl ich doch viel lieber Kaffee trinke!", stellte sie sich mit einem leichten Kopfnicken vor und schickte ihrer wohltönenden Altstimme ein glockenhelles Lachen hinterher.

Josef war schon aufgesprungen und rückte ihr mit steifem Rücken und gewinnendem Lächeln den Stuhl zurecht. „Löscher ist mein Name! Josef Löscher, Bandscheibe! Herzlich Willkommen an unserem Tisch!" Nach einer angedeuteten Verbeugung nahm Josef wieder auf seinem Stuhl Platz und reichte ihr die Schüssel. „Etwas Suppe?"

Friedrich hatte inzwischen nur geschafft, seinen trockenen Mund zuzuklappen und den leergetropften Löffel in seinen Teller zu legen. Er war verzweifelt.

Dieses Gefühl, das sich in dem Augenblick, als er sie gesehen hatte, von seinem Bauchnabel aus ausbreitete, sein Herz viel zu schnell schlagen ließ und ihm die Atemluft nahm – er liebte!

Und benahm sich wie ein Idiot. Starrte sie wortlos an und bekam kein Wort heraus!

Nach einem besonders tiefen Atemzug stemmte er sich mit beiden Händen vom Tisch hoch, versuchte ein Lächeln, nickte kurz und flüsterte: „Bergner, Friedrich, neues Knie!" Mit bedauerndem Blick hob er die Schultern und deutete auf die Gehstützen, die mit einer Klemme am Tisch befestigt waren. „Ich konnte Ihnen leider nicht behilflich sein..."

Mit amüsiertem Blick sah sie von Josef zu Friedrich und wieder zurück. „Oh, wenn zur Vorstellung auch der Grund meines Hierseins gehört, will ich mich natürlich nicht ausschließen! Bretschneider, Luise, neue Hüfte!" Sie nickte beiden leicht zu und ergänzte, zu Friedrich gewandt: „Aber bitte, nehmen Sie doch wieder Platz, Ihre Suppe wird kalt!"

Friedrich spürte sein dümmliches Grinsen auf seinem Gesicht, das einfach nicht weichen wollte und wünschte sich weit weg, obwohl er gerade ihre Nähe so sehr genoss! Er starrte sie an, während der Suppenteller vor ihm weggeräumt und das Hauptgericht aufgetragen wurde. Ohne darauf zu achten, was er da aß, schob er Gabel für Gabel in seinen Mund und hörte ihren Erzählungen zu. Sie sprach so lebendig und schilderte ihre Erlebnisse der Operation und der Tage im Krankenhaus so eindrucksvoll und ließ ihre wunderschönen Augen blitzen und sah Josef unverwandt an. Josef ..?

Sie sprach mit Josef!

Die beiden unterhielten sich angeregt, während er selbst sie nur anglotzte mit liebeskrankem Blick!

„...und nach dem Mittagsschläfchen könnten wir einen Spaziergang im Kurpark machen! Dort ist es wunderschön! Und anschließend einen kleinen Einkehrschwung vor dem Abendessen..“ Josef zwinkerte ihr zu und wartete mit eifrigem Blick auf ihre Antwort.

„Spazierengehen – das ist noch zu anstrengend für mich.“ Sie schüttelte bedauernd den Kopf. „Vielleicht in der nächsten Woche?“

Friedrich triumphierte innerlich. Sie war mit dem neuen Hüftgelenk und den Gehstützen genau so unbeweglich wie er selber. Wogegen Josef mit seinem Bandscheiben-Problem gar nicht lange sitzen durfte! Nur zu den Mahlzeiten und hier und da mal noch ein Stündchen, die restliche Zeit sollte er liegen oder stehen oder gehen. Er selber würde seine neue Knieprothese schonen wie vom Arzt verordnet und an Luises Seite in der Sonne sitzen. Stundenlang ..

Friedrich schickte ein scheues Lächeln an Luise Bretschneider, die an seiner Seite Platz genommen hatte. Etwas aufgeregt, aber sehr entschlossen hatte er im Eingangsbereich der Kurklinik gewartet, bis sie nach ihrem Mittagsschlaf aus dem Aufzug trat.

„Ich .. ich habe Ihnen einen Stuhl mit vielen Kissen auf der Sonnenterrasse reserviert. Möchten Sie vielleicht ..?“ Luises Lächeln ließ ihre Augen blitzen und wärmte sein Herz.

„Gerne – wo geht es lang?“

Friedrich wandte sich hastig um, wies mit seinem Krückstock zur Terrassentür und stach dabei Josef in seinen bandscheibengeplagten Rücken.

„Au! Pass doch auf, du Schussel!", knurrte Josef während er sich umdrehte und verfiel sofort in seinen schmeichelweichen Luise-Tonfall, als er sie neben Friedrich stehen sah: „Oh, Verehrteste! Ich denke, ich kann Sie tatsächlich nicht zu einem Spaziergang überreden?" Luise schüttelte den Kopf und verriet ihm lächelnd ihre Sonnenterrassen-Pläne mit Friedrich.

„Ich werde mich beeilen", versprach Josef mit einer leichten Verbeugung und raunte ihr zu: „und Sie aus der Belagerung dieses Langweilers befreien!"

Luise drohte ihm schelmisch mit dem Finger, nickte kurz und trippelte mit kurzen Schrittchen auf die Terrassentür zu.

Bevor Friedrich ihr folgte, zischte er Josef wütend zu: „Ich hab das gehört!"

Jetzt saß er hier neben ihr und der „Langweiler" dröhnte noch in seinen Ohren. Josef würde seinen Spaziergang wohl sehr schnell hinter sich bringen, nur um wieder in Luises Nähe zu sein. Er würde wohl auch seinen verbotenen Einkehrschwung für Luise opfern, sinnierte Friedrich weiter. Jeden Nachmittag endete Josefs Spaziergang entweder mit einem Linksschwenk in die nette Eckkneipe auf ein Bier oder zwei, oder mit einem Rechtsschwenk in die Eisdiele zu einem großen Eisbecher.

„Darf ich ja eigentlich überhaupt nicht", hatte ihm Josef gleich am ersten Tag gestanden. „Ich bin ja Diabetiker und das ist alles verboten. Aber ich habe festgestellt, wenn ich das schön regelmäßig mache, stellen die mich optimal ein mit den täglichen Insulin-Spritzen – und es geht mir wunderbar!"

Friedrich erschrak. Seit einer halben Stunde saß er neben Luise und hatte kein einziges Wort gesprochen! Sie würde ihn tatsächlich für einen Langweiler halten! „Hach, ist das schön!" In Luises Stimme klang Wonne und Wohlbehagen. „Diese Ruhe, endlich kann ich wieder zu mir kommen nach den doch hektischen Wochen im Krankenhaus. Oder langweile ich Sie etwa?"

Friedrich straffte seinen Rücken, beugte sich leicht zu Luise hin und flüsterte: „Es ist wunderschön, mit Ihnen zu schweigen!"

Das Lächeln, das sie ihm daraufhin schenkte, schaltete kurzzeitig seine sämtlichen Gehirnfunktionen aus und Friedrich war heilfroh, dass in diesem Moment kein vollständiger, sinnvoller Satz von ihm gefordert wurde.

Er lehnte sich zurück und schloss die Augen. Genoss ihre Nähe, die Wärme der Sonnenstrahlen und die Ruhe.

Als er wieder aufwachte war die Sonne verschwunden. Aber schlimmer noch, Luise auch! Seine Armbanduhr verriet ihm, wo sie war – es war schon längst Zeit für das Abendbrot!

Etwas unbeholfen schwang er sich aus dem weichen Sessel, packte seine Gehstützen und krückelte so schnell er konnte durch den langen Flur zum Speisesaal.

„Na, du Schlafmütze?" Josef grinste breit, als er Friedrich an den Tisch treten sah.

Luise lächelte kurz und versuchte, ihren plötzlichen Aufbruch von der Sonnenterrasse zu erklären:

„Ich musste doch noch zum Schwesternzimmer, mir die Thrombose-Spritze geben lassen. Josef hat mich daran erinnert und dort hin begleitet. Er sagte, ich könne Sie ruhig schlafen lassen, Sie würden öfter mal eine Mahlzeit auslassen – der Figur zuliebe?" Sie schüttelte den Kopf. „Das haben Sie doch gar nicht nötig?"

Friedrich wusste genau, dass Josef nur darauf gewartet hatte, dass er, Friedrich, das Abendessen verschlief und mit leerem Magen bis zum Frühstück würde ausharren müssen.

„Ich denke, es kann nicht schaden, ein wenig für die Figur zu tun, nicht war, mein bester Josef?" Mit schiefem Grinsen musterte Friedrich Josefs Speckgürtel, der, gemästet von Bier und Eisbechern, in der Reha-Klinik noch mächtiger geworden war.

Josef stockte mitten in seiner Kaubewegung und starrte Friedrich an. Eine Mischung von Scham und Ärger hatte sein Gesicht mit einer tiefen Röte überzogen, und er warf klirrend sein Besteck auf das Tischtuch.

„Kein Problem! Ich kann sehr wohl was für meine Figur tun!"

Mit einem Ruck schob er seinen Stuhl nach hinten, stand auf und marschierte mit hocherhobenem Kopf hinaus.

Die Stimmung beim Frühstück war sehr gedämpft.

Josef hatte sich nur ein Brötchen geholt und demonstrativ eine Scheibe Knäckebrot daneben gelegt. Er fuchtelte mit seiner Diätmargarine herum, die er mit ausholender Gestik gegen die Butter ausgetauscht hatte, und strich die Marmelade nur hauchdünn.

„Ich war gestern Abend noch schwimmen. Würde dir auch mal gut tun, Friedrich! Nicht immer nur von einem Stuhl zum nächsten Sessel und wieder zurück!" Friedrich ignorierte sein hämisches Grinsen und erwiderte knapp: „Wenn ich alle Anwendungen mitmache, die auf meinem Plan stehen, hab ich genug Bewegung. Anders als du, du schwänzt ja alles, was nachmittags stattfindet, nur um deinen Eis-Bier-Becher nicht zu verpassen!"

Luise duckte ihren Kopf tiefer über ihre Kaffeetasse und lächelte spitzbübisch.

„Ich hab nachmittags frei – und fertig. Luise, Verehrteste, wollen wir heute Nachmittag nicht eine ganz kleine Runde drehen bis zum Ententeich?"

„Josef – wir haben alle den Vortrag für gesunde Ernährung bei Stoffwechselstörungen auf dem Plan – willst du da auch wieder nicht hingehen?"

Friedrich schüttelte den Kopf. Josef war einfach leichtsinnig und nahm seinen Bandscheibenvorfall auf die leichte Schulter.

Luise hatte inzwischen ihren Tagesplan studiert und zuckte mit den Schultern. „Nein, bei mir steht da nichts – vielleicht, weil ich gestern erst angekommen bin?"

„Wunderbar!" Josef nahm ihre Hand und hauchte einen Handkuss darauf. „Dann können Sie mir den Ententeich nicht abschlagen! Friedrich geht brav zu seinem Vortrag – und Sie dürfen da gar nicht hin, wenn er nicht auf Ihrem Plan steht!" Er schickte zuerst Friedrich ein hämisches Grinsen und dann Luise sein charmantestes Lächeln.

Friedrich litt.

Am Abend hatte es Friedrich geschafft, Luise nach dem Abendessen in den Garten zu begleiten, um auf einer ganz einsamen Bank den letzten Rest der Abendsonne zu genießen.

Sie sprachen nicht viel und genossen die Ruhe und die sanfte Wärme der letzten Sonnenstrahlen.

„Da seid ihr ja! Ich suche euch schon überall! Ich gehe schwimmen! Na, Friedrich, kommst du mit?" Josef stand vor ihnen, zog den Bauch ein und sah lauernd von Friedrich zu Luise.

„Nein, danke. Ich war heute schon. Und du solltest eigentlich jetzt auch nicht mehr gehen. Weißt du, in dem Vortrag heute Nachmittag .."

„Ach ja, der Vortrag! Kannst du mir nachher in drei Sätzen mal erzählen, um was es ging? Falls jemand fragt .."

Friedrich seufzte und schwieg.

Später, auf dem Weg zurück ins Haus, konnten sie durch die großen Glasscheiben beobachten, wie Josef prustend und mit hochrotem Kopf im Kraulstil auf das Wasser einschlug. Luise lächelte sanft und Friedrich hob an: „Er sollte nicht so plötzlich...", er stockte und überlegte. Dann murmelte er leise: „Aber er wird ja sowieso nicht auf mich hören!"

Josef ließ sich neben Friedrich in den Sessel plumpsen und schaute sich im Foyer um. „Luischen schon weg?" fragte er mit anzüglichem Lächeln.

„Ja, sie wollte mit ihrer Tochter und den Enkeln telefonieren und bleibt gleich oben für heute."

„Hast sie wohl wieder gelangweilt! Diese Frau braucht ein wenig Power in ihrem Leben und nicht deine Trantütigkeit! Und jetzt schieß los – um was ging's in diesem blöden Vortrag?"

„Ich .. Ich hab sie nicht gelangweilt! Wie kannst du so etwas sagen?!"

„Ach Friedrich – reg dich ab. Aber du solltest endlich einsehen, dass du in diesem Fall keinen Blumentopf gewinnen kannst. ICH werde Luise erobern in den drei Wochen hier. Du wirst schon sehen! Sie himmelt mich doch jetzt schon ständig an, merkst du das nicht?"

Josef beugte sich nach vorne und zwinkerte anzüglich mit dem rechten Auge. „Das Mädchen ist die Meine, also gib auf.."

Mit einem Ruck ließ er sich in die Polster zurück sinken und hielt sich mit schmerzverzerrtem Gesicht die Hand an den zwickenden Wirbel.

„Der Vortrag – los!" zischte er zwischen seinen zusammengebissenen Zähnen hervor.
Friedrich starrte auf den Fußboden zwischen seinen Füßen. Er folgte mit den Augen dem Muster und versuchte, seinen enormen Zorn auf Josef in den Griff zu kriegen.

„Der Vortrag .. ja .. gesunde Ernährung. Und gerade du solltest eigentlich .."

Er straffte seinen Rücken und sah Josef in die Augen. Dessen selbstgefälliger Blick und das schiefe Grinsen ließen Friedrich mitten im Satz stocken.

Lange hielt Friedrich Josefs Blick stand und seine Gedanken kreisten immer um das gleiche Thema.

„Na, was ist nun? Was sollte ich eigentlich? Die Finger von den Eisbechern lassen – oder von Luise?"

Josef schickte ein meckerndes Lachen hinterher und hieb sich vor Vergnügen auf den Oberschenkel.

Friedrich beugte sich noch etwas weiter vor, sah Josef leicht lächelnd ins Gesicht und sagte ganz sanft: „Gut. Du hast gewonnen. Ich seh' es ein. Luise hat mir gestanden, dass sie dich sehr attraktiv findet. Allerdings .."

„Allerdings was?" Josef hatte die Augen aufgerissen und starrte Friedrich erwartungsvoll ins Gesicht.

„Allerdings solltest du etwas abnehmen. Du weißt doch. Die Frauen .. Ich denke, wenn du deine Diät etwas straffst und deine Wanderungen noch etwas ausdehnst und noch ein paar Bahnen mehr schwimmst, dann hast du in drei Wochen deinen Bauch abtrainiert."

Josef grinste überbreit.

„Friedrich! Du bist ja ein wahrer Freund! Ich hätte nicht gedacht, dass du so fair verlieren kannst!"

Friedrich stand auf, packte seine Gehstützen und nickte Josef kurz zu.

Entschlossen schritt er zum Fahrstuhl und murmelte dabei vor sich hin: „Irrtum, mein Lieber. Der Kampf hat gerade erst begonnen!"

Josef wischte die letzten Knäckebrot-Krümel vom Frühstückstisch und stand auf. „Bis heute Mittag, meine Lieben! Ich habe volles Programm heute Vormittag und bin vorm Frühstück schon freiwillig zehn Kilometer auf dem Ergometer geradelt!"

Luise schaute mit gespielt besorgtem Gesichtsausdruck zu ihm hoch. „Aber nicht, dass Sie sich übernehmen – und heute Nachmittag nicht mit mir zum Konzert gehen können!"

Josef wischte ihre Bemerkung mit einer lässigen Handbewegung weg. „Natürlich nicht! Wo denken Sie hin? Ich freu mich!"

Friedrich schwieg verbissen. Wieso hatte er nicht zuerst gefragt, ob Luise mit ihm zum Konzert gehen wollte? Josef war schneller gewesen – dieser Banause! Er würde diesen Musikgenuss doch gar nicht zu schätzen wissen!

Entsprechend abfällig äußerte sich Josef am Abend auch über das Spiel des Pianisten. „Dieses Geklimper ging mir ganz schön auf den Geist – aber sag Luischen nichts davon. Sie war ja ganz hin und weg!"

„Wo bleibt sie denn eigentlich? Es ist doch schon fast Zeit für das Abendessen?"

„Sie wollte sich ein halbes Stündchen hinlegen. Aber sie wird gleich kommen. Sie muss sich ja auch noch ihre Spritze abholen."

Friedrich lächelte und hob fragend die Augenbrauen. „Und du? Denkst du auch regelmäßig an deine Spritzen?"

„Friedrich, wo denkst du hin? Natürlich! Das gehört bei mir schon automatisch zum Tagesablauf."

Friedrich nickte zufrieden. „Heute Abend geh ich mal mit dir schwimmen, ist es dir Recht?"

Josef hob den Daumen. „Na klar! Dann schwimmen wir mal um die Wette! Und wer gewinnt", er sah sich um und senkte verschwörerisch die Stimme, „kriegt Luischen!"

Friedrich erhob sich schnell und wandte sich ab. Josef sollte nicht sehen, wie wütend ihn diese Bemerkung machte. Betont lässig meinte er dann: „Jetzt komm, dein Knäckebrot knuspern!"

Josef kam keuchend am Beckenrand an. „Das gilt nicht, du hast zwei Bahnen geschwänzt! Du hast überhaupt keinen Ehrgeiz! Und das bei dem Preis .." Er zwinkerte Friedrich zu und leckte sich die Lippen.

Friedrich ballte die Fäuste im Wasser und biss die Zähne zusammen.

Wie sprach der nur von Luise?

Josef stieß sich ab und pflügte mit kräftigen Bewegungen durch das Wasser. Friedrich nickte zufrieden und begann gemächlich eine Bahn in knieschonendem Rückenstil. „Schwimm du mal schön. Das ist soo gesund!", murmelte er dabei vor sich hin.

„Kann ich nachher mal kurz zu dir ins Zimmer kommen mit ner Flasche Wein? Ich hab da was mit dir zu bereden." Friedrich sah Josef an, der gerade mit einer Menge Shampoo seinen spärlichen Haarkranz bearbeitete und jetzt heftig nickte. „Klar kannst du! Keine Frage! Hach, wenn mich das Luise jetzt gefragt hätte.." Josef rollte schmachtend die Augen und spülte sich den Schaum vom Kopf.

Friedrich klopfte sacht.

„Moment!" antwortete Josef von drinnen.

Gleich darauf öffnete er seine Zimmertür.

„Ich hab mir gerade mein Insulin gespritzt, deshalb konnte ich nicht gleich aufmachen."

„Gut so, achte schön auf deine Gesundheit – immerhin wirst du sie vielleicht bald brauchen können!" Friedrich setzte einen frivolen Gesichtsausdruck auf und lächelte schief. „Immerhin ist Luise doch fast zehn Jahre jünger als du."

Josef lachte laut auf. „Das schaff ich gerade noch, wart's nur ab! Und jetzt mal her mit der Flasche und erzähl, was du auf dem Herzen hast!"

Josef schenkte den dunkelroten Dornfelder in die Gläser, hob seines an und prostete Friedrich zu. Er nahm einen tiefen Schluck und brummelte vor Wonne. „Hmmm! Sehr gutes Tröpfchen!"

Friedrich sah ihn an. Er konnte die winzigen Schweißperlen auf Josefs Stirn genau erkennen.

„Alles in Ordnung mit dir?"

„Etwas schwindelig ist mir. Das kann doch wohl nicht von dem einen Schluck Wein kommen? Das gibt's doch gar nicht!"

„Du hast heute einfach nur so wenig gegessen und ein bisschen zu viel Sport getrieben. Ich denke, dein Kreislauf macht ein wenig schlapp. Vielleicht solltest du dich lieber hinlegen und wir reden morgen?"

Josef wischte sich mit einem großen Taschentuch über sein Gesicht.

Er nickte und ließ sich vorsichtig auf dem Bett zurücksinken.

„Ganz seltsam ist mir - ganz seltsam .."

Friedrich beugte sich über das Bett und flüsterte leise: „Josef?"

Dann etwas lauter: „Josef!"

Er setzte sich auf seinen Stuhl und nahm einen tiefen Schluck aus seinem Glas.

„Ja, Josef", dozierte er dann, „das war für diesen Tag eindeutig zu viel Diät, zu viel Sport – und eben auch zu viel Insulin für deine plötzlich ach so gesunde Lebensweise. Du hattest doch wissen wollen, was ich bei dem Vortrag gelernt hatte, oder nicht? Genau das war es, genau das .."

Wie in eine dicke Watteschicht verpackt lag Josef in seinem Koma und nahm nichts mehr wahr.

Diese Geschichte basiert auf einem echten Erlebnis in einer Reha-Klinik.

Ein Mitpatient erzählte mir, dass er – selbst Diabetiker – völlig neu eingestellt werden musste, da die neue, gesunde Lebensweise und seine übliche Insulin-Menge nicht mehr passten.

Sein Koma begann während eines Telefonates am Abend. Der Anrufer reagierte auf seine immer verwaschenere Sprache sofort und rief den diensthabenden Arzt an.

Ein himmlisches Omelette

*Die Verwesung des Fingers war ziemlich fortge-*schritten. Aber man konnte den roten Nagellack noch deutlich erkennen. Seltsam.. der schmückende Lack hatte die Trägerin lange überlebt. Der goldene Ehering hing schlaff über dem weißen Knochen.

„Bis dass der Tod euch scheidet…" Louis murmelte die Worte vor sich hin und konnte den Blick nicht abwenden von dem Ringfinger, den er gerade freigelegt hatte und dem Mittelfinger daneben, der sich ihm wie eine höhnische Beleidigung entgegen reckte.

Sorgfältig begann er, die Walderde wieder über die Hand der Leiche zu häufeln, zu glätten, trockene Blätter locker über die Fundstelle zu verteilen, um anschließend, nach einem letzten prüfenden Blick, einen knappen Meter weiter rechts seine Suche fortzusetzen.

Mit Erfolg.

Zwei wunderschöne, schwarze Trüffel kamen unter seiner kratzenden Sichel zum Vorschein und er beugte sich weit hinunter, um den wunderbaren Duft tief in seine riesige Nase einzuziehen. Zufrieden lächelnd schnitt der die wertvollen Pilze vorsichtig ab und legte sie in seinen Korb.

Nachdenklich starrte er eine Weile in das Loch, das die Trüffel in der Walderde hinterlassen hatten, dann machte er mit ein paar schnellen Handbewegungen auch diesen Fundort dem restlichen Waldboden gleich.

Ganz langsam drehte er sich etwas zurück und lehnte sich in sitzender Haltung an die große Eiche.

Seine extrem empfindliche Nase hatte ihn nicht getrogen.

Vor fast zehn Jahren hatte er unter dieser Eiche seinen ersten Trüffel gefunden. Zufällig fast, auf einem seiner vielen Streifzüge durch den Wald. Er hatte die wilden Eichensetzlinge rund um den alten Baum vorsichtig ausgegraben und auf dem gesamten Hang in gleichen Abständen wieder eingepflanzt. Die Trüffelsporen an den kleinen Wurzeln sorgten dafür, dass sich der Pilz langsam ausbreitete. In diesem Jahr war seine Truffière reif. Die ersten spärlichen Funde in den letzten Jahren hatten ihm gezeigt, dass sich seine Geduld gelohnt hatte. In diesem Jahr würde es eine prächtige Ernte geben.

Seit Jahren schon hatte er dafür gesorgt, dass die wilden Brombeeren unten am Weg das Gelände immer unzugänglicher machten.

Heute war der markante Duft wieder sehr deutlich gewesen – gemischt mit einem anderen Duft, den er zuerst nicht recht hatte einordnen können. Jetzt wusste er, woher diese süßliche Note stammte.

Irgendjemand hatte in SEINEM Trüffelhain eine Leiche vergraben.

Und dabei sicher mindestens einen Quadratmeter des Trüffel-Myzels zerstört, das Jahre brauchen würde, um wieder nachzuwachsen.

Den Gedanken, die Polizei zu informieren, hatte er sofort verworfen. Er wollte sich gar nicht vorstellen, wie Polizisten in Reih und Glied seinen Wald durchkämmten und das empfindliche Pilzgeflecht durch ihr Hacken und Wühlen systematisch abtöteten.

Jean-Luc, der Wirt, hob den größeren der beiden Trüffel vorsichtig aus dem Korb und sog den Duft tief ein.

„Herrlich! Eigentlich müsste ich kritisch gucken um den Preis zu drücken, aber ich schaffe es nicht. Diese Pilze sind einzigartig! Ein Gedicht! Eine Offenbarung! Cyrano, bring mir mehr davon!"

Louis schaffte ein müdes Grinsen. Seit er die Bemerkung hatte fallen lassen, dass er unten in Bergerac geboren sei, hatte er diesen Spitznamen weg.

Er war nicht böse darüber, aber er fand es auch nicht lustig. Er hatte seine Roxanne nie gefunden und machte seine große Nase dafür verantwortlich, dass sich noch nie eine nette Frau für ihn interessiert hatte. Dafür würde ihm seine Nase jetzt zu einem Lebensabend in Wohlstand verhelfen. Er würde Geld in Hülle und Fülle haben, weil er so sorgfältig diesen Trüffel-Hain gepflegt und beschützt hatte.

Die Wirtin schlurfte herein. Dick und drall schob sie sich hinter den Tresen und begann, die Gläser zu trocknen.

„Heloise", fragte Louis sachte, „was schaust du so traurig?"

Er mochte diese Frau. Zupackend, bestimmt, immer gut gelaunt, nie zickig oder mürrisch – bis auf heute. Sie hatte ihn nicht mal begrüßt.

Sie drehte sich um und wischte gedankenverloren mit dem Geschirrtuch über den sowieso schon blitzblanken Edelstahl der Theke.

„Marthe.. sie müsste schon seit drei Wochen von ihrer Hochzeitsreise zurück sein und hat sich nicht EINMAL gemeldet. Ich wollte gleich nicht, dass sie diesen Hallodri nimmt. Diesen Casanova. Phhh!"

Heloise machte eine abfällige Handbewegung und rollte mit den Augen.

Louis konnte sich noch gut an das rauschende Fest Ende August erinnern. Das ganze Dorf wurde eingeladen, als die Wirtstochter den hübschen jungen Mann aus der Stadt heiratete. Diesen Mann, von dem keiner wusste, woher er genau kam und womit er sein Geld verdiente. Viel musste es sein, denn die Hochzeitsfeier war bombastisch gewesen. Marthe hatte ausgesehen wie eine Königin mit der langen Schleppe aus edler Spitze und dem wunderschönen Corsagenkleid. Marthe und er hatten herzlich gelacht, als Louis sich zu einem feierlichen Handkuss herabbeugte und statt eines Kusses hart mit seiner Nase auf ihrer Hand aufstupste.

Auf diese schmale, weiche Hand mit rot lackierten Fingernägeln und einem nagelneuen, glänzenden Goldreif am Ringfinger.

„Da draußen sitzen Gäste, Heloise! Willst du sie nicht endlich bedienen?" Jean-Luc stellte den Trüffel-korb hart auf dem Tresen ab, wischte sich die Hände an seiner Kochschürze ab und stapfte mit grimmigem Blick selbst hinaus auf die Gartenterrasse. Stabiles Hochdruckwetter hatte ihnen einen goldenen Oktober geschenkt und die beiden Paare hatten in der immer noch wärmenden Abendsonne Platz genommen.

Jean-Luc erkannte sie. Sie wohnten in dem kleinen Hotel am Rande des Dorfes und zogen jeden Morgen recht früh mit Wanderschuhen und Rucksäcken los, in die weiten Wälder des Perigord.

Sie bestellten zwei große Karaffen seines roten Hausweines und hatten sich auch schnell für sein Cassoulet entschieden. Seine Speisekarte war knapp und überschaubar – schließlich kochte er alles frisch und stand ganz alleine in der Küche.

„Ich habe gerade zwei wunderschöne schwarze Trüffel hereinbekommen. Wenn Sie morgen auch kommen möchten, mach ich Ihnen das beste Omelette aux Truffes, das Sie jemals gegessen haben!" Eifrig schaute Jean-Luc in die Runde.

Die Gäste sahen sich an und nickten begeistert.

„Gerne! Morgen ist unser letzter Abend! Das passt perfekt."

Während Heloise das Essen servierte, begann er mit den Vorbereitungen für morgen. Vorsichtig bürstete er die beiden Trüffel ab. Den kleineren der beiden packte er in ein irdenes Töpfchen und stelle dies, mit einem Tellerchen zugedeckt, in den Kühlschrank. Zwölf frische Eier schlug er in eine große Glasschüssel, schnitt den größeren der beiden Trüffel in hauchdünne Scheiben und mischte Pilz- und Eimasse ganz vorsichtig mit einer Gabel. Auch diese Schüssel kam in den Kühlschrank. Zwölf Stunden sollte die Mischung Zeit haben, damit das Ei den Trüffelduft aufnehmen konnte. Er würde 24 Stunden warten. Gute Dinge brauchten Zeit.

Am nächsten Abend tauchte die untergehende Sonne alles in eine wilde Fülle von Rottönen. Jean-Luc wusste, dass der prächtige Herbst damit zu Ende war, als er sein Omelette aux Truffes seinen gespannten Gästen servierte.

Seine gusseiserne Pfanne, die nur für Omelettes reserviert war, verströmte immer noch den wundervollen Trüffelduft in seiner kleinen Küche. Er hatte die Eimasse nur kurz noch einmal mit der Gabel durchzogen und dann in die heiße Pfanne gegeben. Er hatte die verschiedensten Omelettes schon viele Male zubereitet und kannte den perfekten Moment des Wendens. Den zweiten Trüffel hatte er bereits eine Weile parat liegen, um ihn jetzt über das Omelette zu hobeln.

Das himmlische Trüffelomelette, der farbentrunkene Sonnenuntergang und nicht zuletzt die vielen Karaffen des Rotweins sorgten bei seinen Gästen für einen wahren Rausch der Sinne und Jean-Luc war glücklich über das nicht enden wollende Lob.

Jean-Luc wusste nicht viel über das Internet und erst recht nicht, was ein Blog oder was Twittern war, aber immer öfter kamen jetzt Gäste, fragten nach seinem sagenhaften Trüffelomelette und erzählten ihm, dass sie darüber im Blog der Chefredakteurin auf der Homepage einer großen Outdoor- und Trecking-Zeitschrift gelesen hatten.

„Aha!" Jean-Luc nickte und tat so, als habe er alles verstanden. Was er wusste war, dass er fast die komplette Hühnereiproduktion des Dorfes für sich reservieren ließ und Louis täglich auf Trüffelsuche loszog.

Die Monate vergingen und die Pilzsaison war eine der Besten in Louis' Leben.

Das Restaurant hatte sich von der kleinen Dorfwirtschaft zu einem Gourmet-Tempel gewandelt. Die Liste der Vorbestellungen war lang und die Gäste zahlten jeden irrwitzigen Preis, den Jean-Luc auf die Speisekarte setzte. Sein prächtiges neues Wirtshaus-Schild trug einen Stern, den er jeden Morgen blank polierte, während er auf Louis und die Trüffel-Lieferung wartete.

Louis hatte sich während des Winters langsam den Hang hochgearbeitet – immer weiter weg von seinem grässlichen Fund.

„Louis", sagte Jean-Luc eines Morgens, als er die prächtigen Pilze begutachtete und jeden einzelnen auf die Waage legte.

„Louis, das Aroma. Es ändert sich. Die Stammgäste haben es auch schon bemerkt. Hast du eine Erklärung dafür?"

Louis hob sachte die Schultern und blickte starr auf einen Fleck auf Jean-Lucs Schürze.

„Anderer Boden…", murmelte er und ließ seine Augen bis zu seinen Fußspitzen wandern.

„Louis, sieh mich an! Du gehst zurück zu dem Platz an dem du die allerersten in diesem Jahr gefunden hast, hörst du? Ich muss die Qualität halten und ich hab wirklich schon genug Sorgen."

Louis hob nur kurz den Blick, wandte sich dann um und schlurfte davon.

Er wusste, was dem Wirt so zu schaffen machte.

All die Monate blieb Marthe verschwunden und Heloise wurde zu einer dürren, alten Frau. Die Ungewissheit um Marthes Schicksal hatte sie trübsinnig gemacht. Sie lachte nicht mehr, ihr Blick ging oft ins Leere.

Ja, das Ehepaar habe die Honeymoon-Suite auf dem Kreuzfahrtschiff bezogen.

Nein, man erinnere sich nicht genau an die frischge-

backene Ehefrau. Es seien schließlich 4000 Gäste auf der Queen Mary gewesen.

Ja, das Paar habe die Reise wie gebucht in Hamburg beendet.

Nein, natürlich wisse man nicht, wohin das junge Ehepaar dann weiter gereist sei.

Die Auskünfte des Reisebüros waren kurz und lapidar.

Der hiesige Dorfpolizist war glücklich über die erste wirkliche Herausforderung in seinem Ermittlerleben, allerdings endeten seine eifrigen Nachforschungen bei dem gefälschten Pass, den der Bräutigam damals bei der Hochzeit beim Bürgermeister und gleichzeitig Standesbeamten vorgelegt hatte.

Marthe war und blieb spurlos verschwunden.

In den ersten lauen Februartagen saßen der Wirt und Louis bei einem Glas Rotwein in der Küche.

„Louis, was ist los? Ich hab dir doch gesagt, das Aroma – es verschlechtert sich. Die letzten beiden Wochen war es wieder ein bisschen besser, aber die beiden allerersten Pilze in dieser Saison, dieses sagenhafte Omelette damals – die Qualität haben wir nie wieder erreicht!"

Louis starrte in sein Glas.

Nach der ersten Kritik des Wirtes am Duft der Trüffel war er nur widerwillig zu der alten Eiche zurückgekehrt. Seine Nase hatte ihn zu prächtigen Pilzen geführt, aber der zweite Geruch war verschwunden.

Lange hatte er gezögert, doch irgendwann hatte er ganz vorsichtig mit seiner Sichel den Ringfinger wieder frei gelegt. Zaghaft hatte er den goldenen Ring angehoben und das Datum auf der Innenseite entziffert.

Jetzt hatte er Gewissheit.

Er hatte noch ein bisschen tiefer geschürft und die Handknochen und den Ansatz des Unterarmes von Erde befreit. Die Verwesung war beendet und hatte nur noch Knochen übrig gelassen. Deshalb war der süßliche Leichengeruch nicht mehr wahrzunehmen.

„Louis! Sag was!" Jean-Luc hatte sich über sein Rotwein-Glas weit vorgebeugt und versuchte, ihm ins Gesicht zu sehen.

Louis nickte.

„Der Boden.. Er muss sich erholen. Über Sommer sammelt er neue Kraft und im Oktober…", Louis stockte. „Im Oktober sehen wir dann weiter." Abrupt stand er auf, trank sein Glas in einem Zug leer und stapfte davon.

Der Frühling kam mit Macht und Louis streifte durch die Wälder und genoss die ersten Sonnenstrahlen, die überall hellgrüne Blättchen an die bislang kahlen Bäume zauberten. Die jungen Eichen in seinem Trüffelhain wuchsen kräftig und kerzengerade heran und er überlegte, ob er ihn nicht noch ein bisschen ausweiten sollte. Aber es würde Jahre dauern, bis auch dort die erste Ernte zu erwarten wäre. Wer weiß, ob er dann noch so gut zu Fuß sein würde und fähig war, auf Trüffelsuche zu gehen. Er hatte im letzten Herbst und Winter so viele wundervolle Pilze gefunden, dass ihm ganz schwindelig wurde, wenn er seinen Sparstrumpf unter der Matratze vor dem Einschlafen ein bisschen drückte und streichelte. Ein paar Jahre noch, dann hätte er ausgesorgt für seinen Lebensabend.

Er war schon einige Wochen nicht mehr im Wirtshaus vorbei gekommen. Er hatte dort nichts zu schaffen, wenn er keine Lieferung brachte. Seinen Rotwein hatte er zu Hause in einem kleinen Fässchen und trank immer mal ein Gläschen auf der Bank vor seinem Haus. Er war gerne alleine.

Außerdem fing Jean-Luc immer wieder damit an, ob er sich darauf verlassen könne, dass die erste Ernte im Oktober auch wie versprochen so gut sein würde wie im letzten Jahr.

Und Heloise saß in der Ecke und schaute kaum auf, wenn Gäste die Wirtsstube betraten.

Doch eines Tages machte er sich doch auf den Weg ins Dorf und ins Wirtshaus. Er hatte vom Polizisten gehört, dass es Nachricht gäbe von Marthe. Oder zumindest von ihrem Mann.

Heloise saß auf der Bank und starrte mit völlig verweinten Augen auf eine Zeitung auf dem Tisch vor ihr. Louis erkannte ihn gleich auf dem Foto. Den Bräutigam aus der Stadt – Marthes Ehemann.

„Sie wird niemals wieder kommen und wir werden sie niemals finden…" Heloises Verzweiflung rührte Louis bis tief ins Herz. Sachte setzte er sich neben die zusammen gesunkene Frau, nahm etwas unsicher ihre Hand und begann, den Artikel unter dem Foto langsam zu entziffern.

Immer wieder hatte sich der junge Mann reich verheiratet und immer wieder waren die jungen Ehefrauen bald nach der Hochzeit spurlos verschwunden. Jetzt hatten sie ihn erwischt und er hatte sich noch in der ersten Nacht in seiner Zelle erhängt.

Der Sommer brachte heiße Wochen und regenreiche Tage in perfekter Abwechslung. Louis wusste, dass die Ausbeute in seiner Truffière prächtig werden würde.

Bei einem seiner seltenen Besuche im Wirtshaus saß er wieder schweigend neben der stumm trauernden Wirtin und streichelte etwas unbeholfen ihre schmal gewordene Hand, als Jean-Luc herein trat.

„Ich weiß nicht, wie ich die ganze Arbeit alleine machen soll, Cyrano. Bald wirst du die ersten Trüffel finden und dann ist das Restaurant wieder jeden Abend voll. Heloise ist mir keine Hilfe mehr, nur noch Last. Sie spricht nicht mehr, sie weint nicht mehr – fast scheint es, als lebe sie nicht mehr. Nachts geistert sie durchs Haus und manchmal auch durchs Dorf und das einzige, was sie manchmal spricht, ist ‚ich will zu Marthe'" Jean-Luc schüttelte traurig den Kopf.

Er lachte erst wieder, als Louis mit dem ersten kleinen Trüffel aus dem Wald zurück kam. Gleich begann er, die Speisekarte neu zu schreiben, ganz obenauf sein märchenhaftes Omelette de Truffes.

„Das erste in diesem Jahr, das mach ich für uns beide! Morgen Abend, Cyrano, morgen Abend testen wir das Aroma!"

Es war ein wunderbares Omelette.

Wunderbar, aber nicht himmlisch.

Prüfend ließ Jean-Luc einen Bissen nach dem anderen in seinem Mund zergehen und schüttelte dabei unzufrieden den Kopf.

„Cyrano, du hast mir versprochen, dass sich der Boden nur erholen muss! Es sind gute Trüffel, ja, aber nicht mit diesem traumhaften Aroma wie im letzten Herbst. Cyrano – du musst die perfekte Stelle wieder finden! Ich verliere sonst meinen Stern!"

Louis nickte und stand auf.

„Vier Wochen," sagte er leise, „warte noch vier Wochen, dann sind die Trüffel so weit."

In den folgenden Nächten wartete er geduldig in der Nähe des Wirtshauses, bis sich Heloise irgendwann auf eine ihrer ziellosen Wanderungen machte.

Er trat zu ihr, nahm ihre Hand, streifte ihr mit dem Finger kurz über die eingefallene Wange und flüsterte:

„Komm mit mir, Heloise, bald wirst du bei Marthe sein!"

Geschrieben für:
Muscheln, Mousse und Messer, Hrsg. Ingrid Schmitz, 220 S. Conte-Verlag 2010
ISBN: 978-3-941657-22-9

Letzter Wille

„Monnem!"

Der Ruf des alten Herrn mit Krückstock übertönte die Ansage aus dem Lautsprecher: „Mannheim Hauptbahnhof! Sie haben Anschluss an den Krrzzngn nach Heggzschnwn auf Gleis 3! Der ICE nach Krzlprmfp fährt heute statt von Gleis grumpf von Kreich kreich!"

Tom warf den vollen Seesack in weitem Bogen auf den Bahnsteig und wuchtete seine Reisetasche hinterher. Seine nette Abteil-Nachbarin reichte ihm noch Schlafsack und Zelt. Er schmiss beides oben auf den Haufen und sah sich um.

Endlich war es zu Ende.

Endlich vorbei. Endlich keine Zugfahrten mehr. Nur noch nach Hause.

Sie war nicht auf dem Bahnsteig. Fluchend schwang er sich den Seesack auf die Schultern, klemmte sich die kleineren Teile unter die Arme, packte die Reisetasche und schlurfte auf die Treppe zur Unterführung zu.

Unten angekommen, sah er sich um.

Nach rechts zum Hauptausgang oder nach links unter allen Gleisen durch zu den Park-and-Ride-Parkplätzen? Wenn er jetzt zum Handy greifen wollte, musste er erst die Reisetasche los werden.

Wo würde sie parken?

Hauptausgang – entschied er spontan und setzte sich in Bewegung. Direkt in der Kurve bei den Imbiss-Ständen sah er sie plötzlich um die Ecke biegen. Sie hatte die gleichen roten Locken wie er und war größer als die Passanten um sie herum. Sie hatte ihn auch gleich entdeckt – seine zwei Meter ragten aus jeder Menschenmenge zuverlässig heraus.

Sie lachte und breitete schon von weitem die Arme aus um ihn zu begrüßen. Achtlos ließ er alles fallen, hob die Arme und grinste ihr entgegen.

„Hallo Maamaa!"

„Na, Söhnchen? Alles klar?"

Er drückte sie lange an sich und seufzte tief.

„Ich hab's gepackt – es ist vorbei! Fünf Jahre durchgehalten und jetzt endlich normale Leute, Leben, Freiheit!"

Seine Mutter schmunzelte.

„Du redest so, als wärst du eingesperrt gewesen. Ganz so war es doch wohl nicht, oder?"

„Doch! Nichts gab es in dieser Pampa. Nur dieses Kloster und Gegend – nichts als Gegend. Hat einen zwar wenigstens nichts abgelenkt vom Lernen. Aber öde war es ohne Ende!"

„Aber jetzt hast du dein Abi und musst nie wieder jedes Wochenende zwei Mal quer durch Deutschland fahren. Und für mich hat es ein Ende mit diesen drei Tonnen Dreckwäsche in zehn Stunden waschen, trocknen, bügeln, falten. Auch nicht schlecht!"

Sie sah an ihm hoch und strahlte ihn an.

„Wollen wir?"

„Kann ich was zu trinken haben?"

Sehnsüchtig starrte er auf das Emblem der Imbisskette, hob die Augenbrauen und machte seinen „Bitte-Bitte-Blick".

„Ich hab Duaaaast und mir tun die Füße weh! Und der Seesack schrabbert auf meinem Sonnenbrand und ich bin diese Bahnhöfe soooo leid!"

„Na komm, lass uns ne Cola trinken – erzähl von deinen Abitur-Feten – so viel Zeit haben wir schon noch!"

„Wieso – hast du heute Abend was vor?"

„Hey Baby, es ist Freitag! Wochenende. Klar hab ich was vor!"

„Wasn?"

„Live-Musik-Abend"

„Kann ich mit?"

„Ist aber nicht so ganz dein Publikum. Alles alte Leute – so wie ich!" Sie zwinkerte ihm zu und schob ihm den Geldbeutel über den Tisch.

„Du gehst. Du hast lange genug rumgesessen."

Er schlurfte los und kam bald darauf mit zwei großen Bechern wieder zurück. Er begann, sich eine Zigarette zu drehen. Seine Mutter zeigte auf das „Rauchen-Verboten-Schild".

Er seufzte.

„Das Leben ist gegen mich..."

Sie lachte ihn an und murmelte verschwörerisch:

„Dein Leben fängt doch jetzt erst richtig an!"

Er verzog den Mund zu einem schiefen Grinsen und nickte.

„Jo. Jetzt mach ich mich bei dir breit und du kriegst mich erst mal nicht so schnell wieder von der Backe. Vorbei mit Abschieben sonntagnachmittags!"

Schweigend sah sie ihn an. Sie suchte vergeblich nach einem ironischen Glitzern in seinen Augen. Sie stellte den Becher ab und sagte leise:

„Sag nicht so was. Du meinst das doch nicht wirklich ernst, oder? Abschieben? Das Internat war deine Rettung. Du hast doch nirgends wirklich hingepasst.

Hast doch da erst richtig Freunde gefunden, die so sind wie du. Die schnell lernen, intelligent sind. Du bist dort erst richtig du selbst geworden. Denk doch mal fünf Jahre zurück. Du warst ein weltfremder Zwölfjähriger, der überall der Außenseiter war. Du warst nicht glücklich!"

„Stimmt..."

Sie schwiegen.

Dann sagte er leise:

„Denk doch mal fünf Jahre zurück. Ich war ein weltfremder Zwölfjähriger und du hast mich durch halb Deutschland gekarrt und in diesem Internat abgeliefert. Und da saß ich dann. Wie Robinson Crusoe: Einsam – warten auf Freitag. Bis ich in den Zug steigen konnte. Der dann auch noch Verspätung hatte, wodurch dein schöner Plan, wann ich wo in Frankfurt in welchen Zug umsteigen sollte, geplatzt ist. Du hattest ganz schön Schiss, als ich nicht in dem Zug war von dem du mich abholen wolltest, oder?"

Er sah ihr in die Augen. Sie hielt seinem Blick nur kurz stand und sah dann in ihren leeren Cola-Becher.

„Ja, hatte ich."

„Ich hab es dir aber gezeigt, was? Hab einfach den nächsten genommen. Das kann man doch schließlich erwarten von einem Elite-Schüler."

Er grinste sie an. Sie hob den Blick.

„Ich mag dieses Gespräch nicht. Was ist los mit dir?"

„Du bist meine Mutter und ich bin dein Sohn. Nix weiter." Er schwieg einen Moment, lehnte sich dann weit über den Tisch und sah ihr direkt in die Augen.

„Du bist meine Mutter und ich bin dein Sohn. Ich sollte bei dir leben und mit dir leben. Deine Gedanken kennen und deine Wünsche und für dich da sein, wenn es dir schlecht geht."

Ein unsicheres Lachen gluckerte aus ihrem Hals.

„Ja, Pussi!"

Automatisch gab er die Antwort aus einem ihrer Lieblingsfilme zurück:

„Sag nicht immer Pussi zu mir!" Sie sah Loriot in „Ödipussi" vor sich und grinste breit. Er grinste zurück.

Die DVD- und Fernsehabende an manchen Samstagen waren legendär und immer wieder ein großer Spaß für beide. Sie lagen dann auf dem großen Sofa und tranken und aßen und redeten über den Film und über das Leben. Und oft hatte sie zwischendurch gefragt, ob er denn nicht lieber mit Gleichaltrigen…?

„Nö!" Kurz und bestimmt kam dann immer seine Antwort und er rieb kurz seinen Kopf an ihrer Schulter, lächelte sie an und flüsterte:

„Ist schön hier!"

Und sie knuffte ihn kurz und antwortete:

„Ja, Pussi!"

Jetzt fasste sie in die Innentasche ihrer Lederjacke und zog einen Umschlag hervor.

„Ich hab eine Überraschung für dich!"

Gespannt sah sie ihm dabei zu, wie er den Umschlag öffnete und lange wortlos auf das Flugticket starrte.

„Was ist das?"

„Ein Flugticket"

„Das seh ich! Ich wollte wissen – wozu?"

„Zum Fliegen..?"

Manchmal hasste er ihre Ironie und musste noch einen draufsetzen.

„Ach..!"

„Och Mann, ich dachte du freust dich! Das ist ein Ticket für einen Flug nach Pittsburgh. Zu Onkel Jim! Das ist Freiheit! Ein fremdes Land, ein neues Leben, keine Klostermauern mehr!"

Langsam zwang er seine Mundwinkel zu einem Grinsen.

„Stimmt. Klingt gut! Wann geht's los?"

„Theoretisch ab Morgen. Den Termin kannst du dir aussuchen. Das Ticket gilt ab sofort."

„Hmm..". Er klappte langsam seine zwei Meter Gesamtlänge auseinander und griff nach dem Tablett.

„Dann wollen wir mal keine Zeit verlieren, oder? Ab über'n Teich – far, far away. Drei Tonnen Dreckwäsche in zehn Stunden – das schaffst du doch nach fünf Jahren hartem Training, oder?"

Sie hob die Augenbrauen und sah ihn amüsiert an.

„Klar – kein Problem. Bringst du das Tablett weg? Braver Junge!"

„Gut erzogen, was? Und du musstest nix dafür tun – nur das Internat bezahlen." Er schlurfte davon, schob das Tablett in den Wagen, kam zurück, griff wortlos den Autoschlüssel, der auf dem Tisch lag und bepackte sich routiniert mit Seesack, Reisetasche, Schlafsack und Zelt.

Sie stützte den Kopf in die Hände und beobachtete ihn.

„Hey – was ist los?"

Er drehte sich um und schritt durch die Glastür.

„Hey!" Sie stand auf. „Jetzt warte doch!"

Er trat auf die unterste Stufe der Rolltreppe, sah über die Schulter und zwinkerte ihr zu.

Sie war mit ein paar großen Schritten auf der Stufe hinter ihm und knuffte ihn in den Rücken.

„Was soll das werden? Warum haust du ab?"

„Da draußen ist das Leben und ich will es nicht länger warten lassen."

Sein Ton war abfällig. Jedes Lächeln auf seinem Gesicht fehlte.

„Na toll." Sie stupste sacht auf seine Wange und schob sein Gesicht etwas auf die Seite, so dass sein Blick auf das große Hinweisschild fiel.

„Wenn du schon hinaus willst ins Leben, musst du auch den richtigen Ausgang nehmen! Warum fährst du hoch – das Auto steht unten auf dem Parkdeck!"

Sie waren oben angekommen und er ließ Reisetasche, Zelt und Schlafsack vor die Nachbar-Rolltreppe fallen, die nach unten führte. Der riesige Seesack rutschte langsam von seiner Schulter und er verzog das Gesicht.

„Mist – dieser Sonnenbrand. Kannst du vielleicht ...?"

„Na klar!" Sie zerrte am Riemen des Seesacks und stöhnte.

„Oh Mann – du musst mir helfen, ich krieg das Teil nicht hoch! Gleich lieg ich wie ein Käfer auf dem Rücken wie Julia Roberts in ... – wie hieß der Film gleich noch mal?"

Er hob mit einem kräftigen Ruck den großen Sack an und wuchtete ihn auf ihren Rücken.

„Die Braut die sich nicht traut."

Mit einem harten Ruck zog er ihr die Schulterriemen zurecht und dreht sie halb um ihre eigene Achse.

Seinen Fuß ließ er dabei zwischen ihren beiden stehen. Sie schwankte nach der heftigen Drehung unter dem Gewicht des Seesacks. Automatisch griff sie nach dem Halt an ihrer Seite.

Er trat rasch einen Schritt zurück und ihre Hand griff ins Leere. Dann krallte sie sich in die gummierte Fläche, die sie zu fassen bekam.

Der Handlauf der Rolltreppe war schon auf dem Weg nach unten und nahm sie mit. Der Sack verrutschte, sie knallte mit dem Kopf auf eine der Stufen, die Beine flogen über sie hinweg. Der Sack zerrte schon wieder an ihrem Körper, fiel wie ein Judoka die Stufen hinunter und ließ sie – fest mit seinen Schulterriemen vertäut – in einem hohen Bogen hinter sich auf die Steinfliesen der Unterführung knallen.

Tom starrte von der oberen Plattform auf ihren seltsam verrenkt daliegenden Körper. Das Blut aus ihrer Nase sammelte sich mit dem schmalen Rinnsal aus ihrem Mund zu einem kreisrunden roten Fleck. Die roten Locken verdeckten die rechte Wange. Ihr Kopf war weit nach hinten überstreckt, die linke Wange auf dem Boden, die Augen starr auf den Tisch gerichtet, von dem sie vor drei Minuten aufgestanden war.

Toms Hirn lief sofort an. Punkt für Punkt hakte er ab.

Er hatte ihren Geldbeutel nach dem Kauf der Cola in seine Jeanstasche gesteckt.

Darin waren auch Ausweis, Führerschein und EC-Karte.

Im Seesack war ausschließlich Dreckwäsche.

Kein Hinweis auf den Besitzer.

Er kannte die Geheimnummer ihrer Scheckkarte.

„Falls mal was ist!", hatte sie damals gesagt. Jetzt war etwas.

Unten sammelte sich eine Menschenmenge um die Leiche. Auch hier oben blieben immer mehr Passanten stehen und beugten sich über das Geländer um besser erkennen zu können, was in der unteren Passage vor sich ging.

Ihn beachtete keiner. Langsam zog er sich die Kapuze seines schwarzen Pullis über die roten Locken und wandte sich um.

Auf dem Weg zum Geldautomaten schenkte er seinen Schlafsack und das Zelt einem jungen Mann, der auf dem Boden sitzend seine erbettelten Cent-Stücke zählte.

Nur die Reisetasche behielt er.

Den Autoschlüssel ließ er vorsichtig hinter einen Mülleimer rutschen.

Langsam trat er aus dem Haupteingang des Bahnhofs auf den Vorplatz. Er setzte sich auf seine Tasche und lauschte auf das lauter werdende Martinshorn des Notarztwagens, der vorne über die Kreuzung schoss und unter ihm in der Zufahrt des Parkdecks verschwand.

Er holte das Ticket aus der Innentasche seiner Jeansjacke und faltete es sorgfältig auseinander. Vielleicht war es zu früh gewesen, den Schlafsack zu verschenken. Diese Nacht musste er noch rumkriegen. Morgen um diese Zeit würde er im Flugzeug nach New York sitzen.

Sie hatte das so gewollt.

Er würde nicht nach Pittsburgh weiterfliegen. In Amerika würde sich seine Spur verlieren.

Er drehte sich eine Zigarette, zündete sie an und lehnte sich zurück. Wenn der Krankenwagen das untere Parkdeck verlassen hatte, würde er zu den Gleisen gehen und sich in den nächsten Zug nach Frankfurt setzen.

Oder würden sie gleich einen Leichenwagen schicken? Er dachte nach. Und überlegte, wie lange es wohl dauern würde, bis die Rolltreppe wieder freigegeben wurde.

Er würde die normale Treppe nehmen.

Es war allein seine Sache. Er würde in Zukunft alles alleine entscheiden.

Sie hatte es nicht anders gewollt.

Sie hatte es NIE anders gewollt.

Geschrieben für: Mannheimer Morde, Hrsg. Dietlind Kreber, Bettina von Cossel, und Patrizia S. Prudenzi, 253 S. Kehl-Verlag 2007. ISBN-10:3935651902

ISBN-13: 978-3935651905

Die Vorgabe dieser Ausschreibung war ein „Mannheimer Mord".

Da ich in Mannheim eigentlich nur den Hauptbahnhof kannte, kam es zu dieser Geschichte.

Mein Sohn besuchte tatsächlich fünf Jahre lang ein Internat und ich holte ihn alle vierzehn Tage am Bahnhof ab. Daher ist in dieser Geschichte die Ähnlichkeit mit realen Personen absolut gewollt.

Der Rest ist Phantasie – ich lebe noch.

Der Mörder, seine Stiefel, deren Dieb und dessen Henker

Der Sommer war kühl geworden, steif stand der Wind am Haardtrand, die Reben voll, in widerstandslos dienender Disziplin parallel zu ihm. Jeden Tag früher blies der Wind die noch pralle Sonne vom Horizont, jeden Tag früher lieferten sie einander ihr Gefecht, Abend für Abend, blutrot als ob die Engel selbst Krieg führten. Immer häufiger liefen der Engel Schlachtschiffe, große, tiefschwarze Giganten, aufgebauscht und aufgetürmt, hart am Wind über das Land, zu werfen Hades Brüllen und die Fluten des Styx in das widerstandslos längsgereiht stehende Reich der im Kampf untergehenden Sonne. Immer mehr Reben unter und Bäume über dem Haardtrand kleideten sich in rote Trachten, wie sich zu solidarisieren, preußisch aufgereihtes Treuheer der langsam erlöschenden Herrscherin der flammend abklingenden Leidenschaft des Sommers, mit der die Kinder in den Bächen gespielt.

Zu der Zeit, da sich das Blatt gewendet hatte und die Sonne begann, ihr Regiment Morgen für Morgen wieder zu alter Macht erstarken zu lassen, hatte ich meinem Mädchen einen ersten Brief mit falschem Absender nach Hause geschickt, wo sie mich finden könnte, und den Rhein überquert. Ich hoffte, sie würde meine Botschaft zwischen den leeren und belanglosen Zeilen lesen können. Ich hatte Mühe gehabt, den Brief so verständlich wie möglich und doch so undurchsichtig wie nötig zu verfassen, wer weiß, wer dieser Tage alles meine Briefe las, bevor sie die preußische Grenze passierten..? Ein Zollbeamter würde die Zeilen überfliegen, ihn wieder ins Kuvert stecken und den nächsten Brief zur Hand nehmen. Doch was, wenn sie den Wink nicht verstünde, dass ihr „alter Onkel Kaspar" für die nächsten Tage bei „seiner Schwester Landavia" bleiben würde? Ich hoffte, sie würde nicht lange stutzen und in Gedanken unsere Verwandtenkreise durchforsten, sondern den Atlas aufschlagen. Sie würde sich denken können, dass ich mich vorerst bei niemandem blicken lassen würde, der mich erkennen könnte. Oder eben: So hoffte ich zumindest.

Es nieselte leicht, ich hatte meinen Mantel hoch unters Kinn gezogen. Für meinen alten preußischen Leutnantsmantel hatte mir ein Jude in einer Mannheimer Seitengasse diesen neuen gegeben und noch eine beträchtliche Summe draufgelegt. Der Mantel war zwar leichter und kühler als der preußische, doch fehlten ihm die verräterischen Nähte, die von abgerissenen, noch klarere Sprachen sprechenden Achselklappen und Kragenspiegeln gezeugt hatten.

Ich verließ Ludwigshafen am nächsten Morgen. Hier erst fiel mir auf, mit welcher Beständigkeit einige Frauen, „die Hinnerpälzer", wie ich gegen Anfrage erfuhr, ihren ganzen Tag zu verhuren schienen, einzig in der Hoffnung, ein paar der Schuhe zu verkaufen, die ihre Männer schusterten. Den Tag zuvor hatte ich schon mehrere mit Mühe abwimmeln müssen. Ein älterer Herr war mir aufgefallen, dessen Mantel von edlem Stoff und dessen Rock, der unter ihm hervorblitzte, voll bestickt war, er konnte seinen Reichtum schwer verbergen. Selbst des Alten Fritzens lange Kerls hätten ihn nicht vor dem Ansturm von Schuhweibern verteidigen können, der auf ihn lospreschte. Jetzt zogen mir beständig Frauen mit Handkarren voller Schuhe aus dem Wald entgegen, einer Rattenplage gleich, ich weiß nicht, was die Pfälzer wohl den lieben langen Tag so machen mögen, außer Schuhen und Wein.

Eine hatte ich angehalten, wo die Festung Landau läge, sie wies einen Weg aus und hob mir dann ein Paar Schuhe aus dem Wagen, als sie mir diese jedoch entgegenstrecken wollte, blieb ihr Blick kurz an meinen Fersen haften, sie blickte mir mit einem Anflug von Entsetzen ins Gesicht. Ob ich Schuhe kaufen wolle, mit zitternder Stimme. Ich dankte und ritt davon.

Sie musste die Bataillonsnummer auf meinen Sporen entdeckt und daraus überraschend schnell ihre Schlüsse gezogen haben. Die Stiefel waren das einzige Überbleibsel meiner alten Leutnantsuniform, wer nur Militärstiefel trug, jedoch nichts übriges der Uniform, der musste einen preußischen Leutnant mit adäquater Schuhgröße kalt gemacht haben, hatte ein dubioses Geschäft mit einem Deserteur geführt, oder er war selbst einer, der sich der hohen Qualität preußischer Militärstiefel wegen dagegen entschieden hatte, die verräterische Uniform gänzlich abzulegen.

Letzteres stimmte, die Stiefel wären mit Geld nicht zu bezahlen gewesen, ich würde sie nicht abgeben, und konnte auch die Sporen nicht entfernen, ohne dass die Stiefel schweren Schaden genommen hätten. Schon den Mantel hatte ich nur widerwillig abgelegt. Dass der neue jedoch, eben wie der alte, lang genug sein musste, meine Sporen zu verdecken, die meine Bataillonsnummer eingraviert trugen nebst preußischem Wappen - daran hatte ich beim Tausch mit dem Juden nicht gedacht. Die Nähte, die Umrisse von Kragenspiegeln auf meinen Kragen gezeichnet hatten, waren nur etwas merkwürdig gewesen, aber die Gravur meiner Sporen war höchst verdächtig. Ein schlechter Tausch im Nachhinein, doch man würde sehen müssen, wie sehr man auffiel, wenn man die Sporen nicht zu Pferde dem Gegenüber auf Augenhöhe entgegentrug.

Ansonsten irrte die Frau, die Stiefel waren weder entwendet noch bei meiner Desertierung mitgenommen worden. Sie waren unehrenhaft aus der Armee entlassen worden, ebenso wie ich. Die Umstände hatten es verhindert, dass ich meine Ausrüstung förmlich dem Heer hatte übergeben können, den Vorschriften entsprechend. Ein Offizier aus dem 4. Bataillon war meinem Mädchen nachgestiegen, ich hatte ihn des Nachts vor der Stadt zum Duell gefordert. Den Degen mitten durch die Leber getrieben, versengte seine Galle seine Adern und er blutete wie ein Schwein, nicht einmal Hippocrates selbst hätte ihn wieder zusammenflicken können, also keuchte er noch, ich verdammter Hund hätte ziemlich gut gekämpft, aber ob ich keine Ehre am Leib hätte, ihn hier verbluten zu lassen wie jüdisches Schlachtvieh. Er redete hierbei nicht davon, Hilfe zu holen. „Ich habe Ehre am Leib", versetzte ich, „aber mehr, als dass ich dich jetzt hier im Knien abstechen würde, so sehr du es auch verdient hättest! Richt dich selber hin!", lud meine Pistole und warf sie ihm hin, er musterte die Waffe wägend, dankte zackig, versagte beim Versuch, aufzustehen, nahm also im Knien Haltung an und schoss sich in den Kopf. Noch bevor das erste Plakat zur „Jagd des vogelfreien Offiziersmörders" angeschlagen worden war, hatte ich Preußen bereits verlassen.

Der Ranghöhere hat in Preußen Recht, Duell hin, Ehre her. Der Alte Fritz selbst hätte vielleicht drei Augen zugedrückt, aber bis zu dem würde ich es nicht schaffen, geschweige denn vor einen Richter. Eines dieser mir ohnehin schon so lange verhassten preußischen Militärschweine hätte mich nach meiner Ergreifung standrechtlich erschossen, nichts weiter. Eigentlich war ich froh, einen Grund gehabt zu haben, abzuhauen.

Auf einem Hügel hielt ich an und stopfte mir meine Pfeife. Vor mir, im Sonnenlicht, lag Landau, hier würde ich auf Antwort von meinem Mädchen warten. Ich sog einen tiefen Zug und gab meinem Gaul die messingnen, gravierten Sporen.

Marktschreier priesen ihre Waren, vor ihren Ständen schoben sich die Leute vorbei, dicht gedrängt. Ich stand etwas abseits an einem Stand, der mir eine Schale heißen, gewürzten und gesüßten Rotwein verkaufte, was ich nicht kannte, aber ob der Kälte doch nicht missen wollte. Einige Musikanten spielten irgendwo, einer spielte Scherze und ging dann mit geöffneter Mütze herum, Menschen schoben sich von Stand zu Stand, Gemüse wurde verkauft, Fleisch, Brot, Wein und Schuhe, vor allem Wein und Schuhe, immer wieder Wein und Schuhe, letztere selten an Ständen, sondern von in Lumpen am Boden kauernden Mütterchen stumm vor sich ausgebreitet; Wein von dicken Glucken in feinen Kleidern und schreienden, schweinsäugigen Männern, denen das Geld im Beutel klingelte, dass es mir die Zehennägel hoch rollte. Sie rollten sich viel dieser Tage, ebenso, wenn ich die furchtbar entstellte Variante der deutschen Sprache hörte, die die Hinterpfälzer zur Kommunikation benutzten. Wenn ein übergewichtiger Weinhändler und ein abgemagerter, in Fetzen gekleideter Schuster einander begegneten, schlugen sie die Augen nieder, obwohl ihnen beiden anzumerken war, dass sie lieber mit ihrem Gegenüber derart verfahren hätten. Schimpfworte, „Dreckiger Hinnerpälzer!" – „Fetter raffgieriger Woifürschd!", wurden sich gegenseitig vor die Füße gespuckt, ein Geldbeutel wurde prestigeträchtig gerasselt, Neid verborgen, sich das Gesicht des Weinhändler gemerkt und noch vor Anbruch des nächsten Tages war der Geldbeutel gestohlen.

Einigen der Gestalten, die sich durch die Menge schoben, hätte ich, wäre ich noch im Dienst gewesen, gleich die Klinge auf die Brust gesetzt. Jetzt aber belustigte es mich eher, den Reichen aus Ludwigshafen wiederzuerkennen, wie er sich achtlos und von den Ständen gebannt an einem jener Lumpenhunde vorbeischieben ließ und nicht Notiz davon nahm, wie dieser ihn um den leise klimpernden Lederbeutel in seiner Manteltasche erleichterte. Weiter schoben die Menschen, der Herr war verschwunden, der Dieb visierte mich unter der Kapuze heraus kurz an, ließ sich an mich heranschieben und griff in den offenstehenden Lederbeutel an meinem Gürtel, alles von mir unbemerkt, wie er hoffte. Schnell zog er jedoch die Hand wieder heraus, sog die Luft scharf zwischen den zusammengebissenen Zähnen ein und unterdrückte einen Schmerzensschrei zu einem gezischten Fluch. Ich drehte mich grinsend zu ihm herum, goss den brühheißen Glühwein, den ich vorsorglich hineingefüllt hatte, aus meinem Geldbeutel, tat meine Geldstücke wieder hinein und musterte ihn durch den Dampf über meiner Schale. Er starrte mich verdutzt und wütend an, Schnee mit seinen brühroten Fingern zerreibend.

„Einen Glühwein für den jungen Herrn hier!", bestellte ich schließlich. „Komm, trink einen. Du bist zwar keinen Heller wert, aber momentan fühle ich mich damit in guter Gesellschaft." - „Hast du nichts besseres zu tun, als mir die Pfoten zu verbrennen, wenn ich nur meine Arbeit mache?"

„Deine Arbeit..!", prustete ich Wein zurück in meinen Becher. „Entschuldige, mach nur deine Arbeit, zieh nur rechtzeitig den Kopf aus der Schlinge..."

Er musterte mich von oben bis unten, hämisches Grinsen breitet sich auf seiner Visage aus.

„Gerade du wirst sie mir da sicher nicht hingelegt haben. Die Stiefel allein machen noch keinen dienstreifen Major..."

„Leutnant, lass nur die Kirche im Dorf...", brummte ich, und ein Gefühl von Unbehagen begann, mich auszufüllen. Sie mögen mit ihrem Dialekt etwas plump wirken, aber auf den Kopf gefallen sind die Pfälzer weiß Gott nicht...

„Ich bin nicht mehr in der Armee.", begann ich, mich irgendwie herauszureden. „Mein Dienst ist getan, die Stiefel sind gut, ich hab sie bei der Entlassung gerollt... Aber Psst!", legte ich den Finger auf den Mund, zwinkerte und lachte. Er lachte mit, Gott sei Dank. Wenn er jetzt nur keine Zweifel mehr...

„Warum beginnt einer eine Offizierslaufbahn, wenn er sie nicht zu Ende bringt?"

Ah, verdammt!

„Tja, wie man sich bettet, so liegt man, und je weniger man mit preußischen Militärbürokraten auskommt, desto weniger Spaß macht der Militärdienst dort. Find mir einen Preußen, der seinem Dieb einen Glühwein spendiert..."

Ich wusste nicht, ob ihn das überzeugt oder getroffen hatte, jedenfalls schwieg er etwas betreten. Ich wechselte das Thema, um ihm nicht weiter Zeit zu geben, meine Ausreden auf Hieb- und Stichfestigkeit zu prüfen.

„Die Stiefel kannst du übrigens gegen adäquaten Ersatz haben, sie sind gut, gefallen mir aber nicht mehr. Wenn du etwas von ähnlicher Qualität hast, immer her damit." waberte ich also beiläufig weiter.

Er nahm seine Kapuze ab. Ich musste kurz inne halten, er sah mir verblüffend ähnlich, es war erstaunlich, er aber beugte sich nur herunter zu meinen Füßen und hielt seine rechte Sohle gegen meine linke.

„Sie dürften mir genau passen... Und ich schustere selbst, ich könnte dir was besonderes anfertigen oder irgendwie besorgen, man kennt ja Kollegen, die jemanden kennen... Nur Sporen ansetzen kann ich nicht, wobei ich das ja besonders schön finde."

„Ich kann welche aufgürten, ich brauche keine fest montierten."

Er verglich weiter unsere Sohlen.

„Hübsche Sporen, mit der Gravur... Ich bin ein besonderer Freund von Sporen... Und passen würden sie auch...", träumte er. „Und so gute Stiefel wie diese, die sind selten. So was trägt man bis ans Lebensende."

Ich saß am schweren Tisch einer kleinen Bauernkate vor den Mauern, in der mein Geschäftspartner wohnte. Er hatte mir nicht nur meine Stiefel abgetauscht, sondern mir auch einige Tage Dach und die karge Suppe, von der er und seine Frau sich allein ernährten, geboten, bis er seinen Teil des Tauschs gefertigt haben würde. Ich hatte ihm immer mal wieder über die Schultern gesehen, das verleitete ihn dazu, sich Mühe zu geben. Es waren gute Stiefel, die er fertigte, er verstand was davon, das war seinen Fingern anzumerken. Er hatte eine interessante Technik, bestimmte Stellen extra zu verstärken, ich konnte es an einem alten Paar testen, es war angenehm. Die Stiefel liefen sich nicht in dem Sinne ein, selbst diese alten waren etwas steif und stabil, aber trotzdem lief man sich keine Blasen oder Wunden darin. Trotz seiner hohen Kunst musste der Mann sich durch Diebstähle auf dem Markt über Wasser halten, die Konkurrenz sei groß, sagte er. „Aber besser als in der Hinterpfalz ist es allemal. Da hocken sich die Schuster gegenseitig auf den Dächern und haben alle nicht viel zu fressen. Die Winzer hier in der Vorderpfalz merken nicht mal, wenn in ihrem Beutel was fehlt."

Die Tür öffnete sich, Wind und Schnee und der Dieb trieben herein. Er klopfte sich den Schnee vom Mantel und grüßte mich kurz. Ich schob anerkennend grüßend einen weiteren Löffel Brühe in den Mund.

„Ähm, Kaspar... äh..", sinnierte er und zog ein Kuvert aus der Tasche. „Kaspar... Brenner! Bist du das?"

„Ja, das bin ich. Danke, dass du nachgefragt hast."

Das musste der Brief von Katharina sein. Ich hatte den Schuster gebeten, auf dem Postamt nach Briefen zu fragen, die man nicht zuordnen könne, mein Mädchen wisse nicht, wo genau ich wohne, nur eben, es sei in Landau, ob er nicht nachfragen könne.

Es verstimmte mich, seine verschmitzte Miene zu sehen, mit der er mich fragte, ob Kaspar Brenner wirklich mein Name sei. Er musste Lunte gerochen haben, mir fiel aber trotz allen Nachdenkens nichts auf, wo ich mich verplappert haben könnte. - Sollte er, sollte er, ich plante ohnehin nicht, noch länger zu bleiben. Ich zog meinen Dolch und schnitt den Umschlag auf.

„Lieber Friedrich! ... "

Wie konnte sie nur so unvorsichtig sein?! Ich überprüfte schnell erneut das Siegel – Es war unversehrt und original. Gott sei Dank...

„Lieber Friedrich!
Unsere Tante Landavia grüße schön von mir. Es freut mich, zu hören, dass deine abenteuerliche Reise dich in solch schöne Städte verschlägt. Lasse dich jedoch nicht wieder von den Schustern beklauen wie letztes Mal, noch hoffe, dass ich mehr denn dieser Freude auf deinen Brief hin empfunden hätte. Ehrenhaft war es von dir, dein Mädchen zu verteidigen, doch du

glaubst nicht, wie sehr es mich anwidert, mich als dein Mädchen zu bezeichnen, eben wie du es auch nicht glauben würdest, wenn du hörtest, wie amüsiert ich in deinem Brief die subtil versteckte Bitte auffand, dir zu folgen.

Ich werde dir nicht folgen. Den Mann, den du getötet hast, habe ich geliebt, Friedrich. Schon lange ekelt es mich an, dich zu sehen, dir zuzusehen, wie du dich kleidest, dir zuzuhören, wie du von dir selbst prahlst, von Ehre und Mut und Tapferkeit. Dich reden zu hören, dass du schon lange hättest befördert werden sollen, mindestens zum Kommandanten des gesamtpreußischen Heeres, wenn man deine Tugenden und Qualitäten doch nur zu schätzen wüsste. Dich reden zu hören, wie unpreußisch du doch seiest, wie sehr du doch die Freiheit liebtest, dass du sie alle umbringen würdest, wenn du könntest. Dich dabei zu sehen, wie du dich in gefälschte Gewänder kleidest, die, wenn sie echt wären, du dir nicht leisten könntest, wie du dich zu einem reichen Ehrenmanne puderst, es widert mich schon so lange an! Nichts als Prahlerei und Maulhetze den lieben langen Tag..!

Jetzt, Friedrich, ja, jetzt hast du endlich einen jener verhassten preußischen Beamtenschweine getötet und bist frei, vogelfrei. Dass du den Mann getötet hast, den ich liebte, weil er der war, der du einst gewesen bist und der du sein wolltest in deiner Prahlerei, willst du nicht sehen, genauso wenig, dass nicht er mir, sondern ich ihm nachgestiegen bin, schon lange. Dich so sensibel zu kennen, dass du bemerkt hättest, dass ich dich nicht mehr liebe, habe ich zu hoffen aufgegeben. Dass die einzige Waffe, mit der du *mich erobern kannst, dein Degen ist, das war einmal anders. Dass du danach zu feige warst, zu deinen Taten zu stehen, und flohst, und es noch dazu deine Freiheit nennst, steht dir.*

Genieße du deine Freiheit, Friedrich, aber verlange nicht von mir, dass ich gemeinsam mit dir fliehe vor dem arroganten Schnauzer, der aus dir geworden ist. Genieße deine Freiheit, aber verlange nicht von mir, dass ich mit dem Mörder meines Geliebten die Stiefel teile.

Schreib mir bitte keine Briefe mehr, ich werde nicht antworten. Klopfe nicht an meine Tür, ich werde nicht öffnen. Tritt mir nicht unter die Augen. Ich will dich nicht mehr sehen.

Leb wohl, Friedrich.

Katharina"

Die Menschen hatten sich auf dem Platz versammelt, drängten sich dicht um ein Podest in seiner Mitte. Auf ihm standen einige Beamte, ein Pfarrer und ein Henker. Hoch ragte der Galgen in den Himmel über Berlin.

Den Offiziersmörder habe man gefasst, hatte man sich schon gestern morgen erzählt, bis außer Landes in die Pfalz habe er es geschafft, doch nun hatten sie ihn gefasst. Seine Stiefel hätten ihn verraten, wie man nur so dämlich hätte sein können, nicht zu versuchen, sie loszuwerden, da sei doch alles voller Schuster; er habe ja versucht, sie loszuwerden, doch er habe es nicht geschafft, man habe ihn verraten, morgen werde er hergebracht und gehängt, man treffe sich dann, bis morgen.

Jetzt war es still, Soldaten sperrten ein Spalier ab, die Glocke schlug, eine Kutsche fuhr langsam aus Richtung der Bastille heran. Sie wurde geöffnet, der Offiziersmörder heraus und die Stufen zum Podest heraufgezerrt, gebrochen sobbte und hing er in den Armen der Gerichtsdiener. Bereitwillig ließ er sich aufstellen vor der Menge, bereitwillig empfing er altes Obst und faule Eier, die sie ihm warfen und spuckten. Tränen liefen seine geschundenen Wangen herab. Die Glocke hörte auf zu schlagen. Stille legte sich über den Platz. Ein Beamter trat vor und begann, eine Anklageschrift zu verlesen. Als der Name des Mörders genannt wurde, schüttelte der nur verzweifelt mit dem Kopf. Mit jedem Punkt der Anklage begann er jedoch lauter, weinend gegen den Lesenden anzuschreien: „Ich bin das nicht! Ich bin nicht Friedrich Hewersbrunn!" Ein Gerichtsdiener gab ihm jeweils eine Maulschelle, doch im Angesicht des Galgens begann er immer wieder, „Nein, ich bin es nicht! Ich bin das alles nicht gewesen!".

Dann jedoch, irgendwann, verstummte er plötzlich und starrte gebannt in die Menge vor dem Podest, irgendwann, während der Richter ihm den Totschlag eines allzu neugierigen Dorfgendarmen zur Last legte. Er hatte mich entdeckt. Zitternd wies er auf mich. „Da...", flüsterte er. Der Leser näselte munter weiter, die Liste meiner Taten war lang. „Da... Der da, der da wars! Von dem hab ich die Stiefel! Kaspar! Kaspar!" Wieder bekam er eine Maulschelle, doch nun war er nicht mehr zu bändigen. „Nein, der da ist Friedrich

Hewersbrunn! Kaspar! Du bist das doch alles gewesen, ich war das nicht, der da ist das gewesen!", schrie er. Sie hatten Mühe, ihn festzuhalten.

Eine Frau vor mir drehte sich zu mir um und musterte mich. Ich legte Betroffenheit in meine Stimme, so viel ich entbehren konnte: „Mein eigener Bruder... Jetzt beschuldigt er auch noch mich, um den Kopf aus der Schlinge zu ziehen... Möge Gott seiner Seele gnädig sein." Einen kurzen, gespannten Moment sah sie mich weiter an. Dann sah sie wieder nach vorn, schüttelte ungläubig den Kopf. Ihren Mann tippte sie an: „Du, der, auf den er zeigt, ist sein Bruder, jetzt beschuldigt der auch noch den...", hörte ich sie entrüstet wispern.

Der Schuster auf dem Podest derweil schrie immer weiter, rotzte, weinte, kreischte, „Nein, der da ist Friedrich Hewersbrunn, ich war das nicht! Kaspar!", rief er nach mir.

Ein kleiner anonymer Brief hatte gereicht, einige Beamte den Dieb fassen und nach Preußen bringen zu lassen, er ist fast so schnell hier gewesen wie ich.

„Kaspar!" Der Henker zog ihm einem Stoffbeutel über den Kopf, das Geschrei und Geheule wurde dumpfer. Als der Schuster das Gewicht des Stricks auf seinen Schultern spürte, versiegte das Rufen endgültig zu rotzendem Schluchzen.

Dass er mir ähnlich, verblüffend ähnlich sah, war nur hilfreich, dass er Lunte gerochen zu haben schien, nur ein Auslöser gewesen. Die Stiefel hatten ihm gepasst wie angegossen, der Henker legte einen Hebel um, eine Falltür klappte. Sie hatten ihm gar keine Chance gelassen, nicht ich zu sein. Die Sporen meiner Stiefel blitzen ein letztes Mal auf im Sonnenlicht, dann war es still.

Ich drehte mich um und ging. Ich wollte Katharina besuchen, schwer spürte ich den Dolch an meiner Hüfte. Ich galt als tot, wer würde auf die Idee kommen, dass ich es gewesen sei, wenn man sie fände, wie sie da läge, so wunderschön, ihre Lippen so rot wie das Blut aus ihrer Brust. Nur die ironische Häme, mit der sie mich würde empfangen haben, die würde ich ihr nicht aus dem Lächeln schneiden gekonnt haben, und wenn ich ihr den ganzen Kopf abtrennte. Zerfetzen müsste ich ihn schon in kleine Stücke... Alles, nur nicht diese Häme, Katharina, wage es nicht, mich zu verhöhnen...

Einmal noch wandte ich mich um. Immer noch baumelte der Schuster am Strick. Es tat mir fast Leid, dass ich ihn hatte benutzen müssen, mich meiner Häscher zu entledigen, ich hatte ihn fast gemocht.

Kurz musste ich schmunzeln. In Einem hatte er Recht behalten:

Stiefel wie diese, die trägt man bis ans Lebensende.

Zur ‚Criminale 2007', dem jährlichen Treffen von Krimiautoren, schrieb die Zeitschrift ‚Leo' zusammen mit dem Gmeiner-Verlag einen Schreibwettbewerb aus.
Vorgabe war eine Krimi-Kurzgeschichte, die in der Südpfalz spielte – in diesem Jahr der Ausrichtungsort der Criminale. Ich hatte meinen Sohn dazu animiert, eine Geschichte einzureichen – und er gewann den 1. Platz.
Meine eigene Geschichte kam nicht mal unter die ersten fünf. Deshalb ist sie auch nie wieder aus dem hintersten Eck der Schublade aufgetaucht.

Neues Leben

Energisch packte sie die Palette mit den Tomatenpflanzen und trug sie hinaus auf die Holzterrasse. Dreißig Zentimeter hoch, ein fingerdicker Mittelstamm, dunkelgrüne, kräftige Blätter – sie waren perfekt. Drei mal vier Stück, es würde zwei Reihen in ihrem Garten geben, die zwölf gewundenen Rankstäbe hatte sie bereits positioniert.

Schon kurz nach Weihnachten hatte sie die kleinen Samenkörner eingesät. Im Verborgenen keimten diese bald in der warmen Erde und kleine Pflänzchen lugten ganz hellgrün hervor.

Die Zellen wuchsen schnell, teilten sich in viele kleine Bläschen, die bald wie kleine Himbeeren aussahen. Der Code aktivierte „Wachsen" und „Teilen", immer wieder, in immer schnellerer Folge.

Zuerst wollte sie noch zwischen den Johannisbeersträuchern die Erde etwas auflockern und den Heidelbeerbüschen eine ordentliche Lage Torf spendieren.

Ja, es war ganz schön mutig gewesen, sich an Heidelbeeren zu versuchen, aber die letztjährige Ernte hatte ihr Recht gegeben. Die untere Ecke im Garten hatte durch viele Fuhren Torf den notwendigen sauren Boden gebildet, in dem die Heidelbeersträucher mit den Rhododendronbüschen eine wunderschöne Symbiose bildeten.

Die Tüte mit den Radieschen-Samen steckte schon in der Tasche ihrer Jeans. Die würde sie noch schnell einsähen. Schön in einer Reihe, immer im Abstand von ein paar Zentimetern und dann eine ordentliche Fuhre Wasser drauf.

Die Bläschen platzten wie Seifenblasen und ließen neues Leben frei. Die Veränderungen im Teilungs-Rhythmus wurden von den Überwachungs-Genen nicht erkannt.

Sie lächelte etwas, als sie später die frisch eingesetzten Tomaten fest andrückte um dadurch eine Gießkuhle zu erhalten. Im Sommer würde sie bei jedem Rasenmähen den Grasschnitt als Gründünger in die Kuhlen geben. So blieb die Erde feucht und das Gießwasser konnte nicht so schnell verdunsten.

Und bei jedem Leeren des Grasfangsackes würde sie sich eine Handvoll dieser kleinen, gelben Tomaten direkt vom Strauch pflücken.

Vorsichtig wand sie die Pflänzchen um die Stäbe und begutachtete dann ihr Werk.

Gleich begann wieder der Vorgang der Zellteilung. Es war nicht mehr aufzuhalten. Der Zellzyklus lief weiter, ohne die notwendigen Reparaturen durchzuführen und ohne den programmierten Zelltod einzuleiten.

Das Frühjahr war spät gekommen in diesem Jahr. Und sie war froh gewesen über die vielen Blumenzwiebeln, die sie im letzten Herbst überall im Garten vergraben hatte.

Der verregnete und kühle März wurde wenigstens etwas bunter durch die gelben Winterlinge, die Schneeglöckchen, die bunten Krokusse und die

Unmengen von Tulpen in allen möglichen Farben, die unbemerkt im Verborgenen zu sprießen begannen und plötzlich ihre grünen Spitzen überall durch die Gartenerde schoben.

Der Sommer würde schön werden, sie war fest davon überzeugt. Es würde heiße Tage geben, die das Gras verdorren ließen, mit Gewittern, die diesen unvergleichlichen Duft erzeugten und den Rasenwurzeln mit prasselnden Regengüssen neues Leben einhauchten.

Sie hob den Arm und wischte sich mit dem Handrücken eine Schweißperle von der Stirn.

In diesem Moment entließ der Lymphknoten in ihrer Achselhöhle Massen von sich unaufhaltsam teilenden Zellen in ihren Körper. Lange bevor sie Schmerzen spüren würde, hätten sich im Verborgenen bereits überall Metastasen gebildet.

Im Herbst würden rund um den Komposthaufen ganz viele Sonnenblumen blühen.

Sie würde den Herbst nicht mehr erleben.

Für diese Geschichte erhielt ich den 3. Platz des Mannheimer Heinrich-Vetter-Literaturpreises 2010.
Eigentlich gehört sie nicht hierher – sie ist keine wirkliche Krimi-Kurzgeschichte.
Aber auch Krankheit ist kein natürlicher Tod.
Auch Krankheit ist ein Mörder..Passen Sie gut auf sich auf!

Ein Satz

*Jetzt sind Sie am Ende dieser Kurzgeschichten-*Sammlung angelangt.

Ich hoffe, es hat Ihnen gefallen.

Vielleicht haben Sie auch schon überlegt, selbst mal eine Kurzgeschichte zu beginnen?

Das ist gar nicht so schwer.

Eine Kurzgeschichte hat nicht die vielen Handlungsstränge eines kompletten Romans, aber es muss etwas passieren.

Es gibt ein Verbrechen, einen Täter, ein Opfer – und nett ist immer auch ein nachvollziehbares Motiv.

Selbst der dickste Roman beginnt mit einem ersten Satz, dem noch sehr viele folgen. Lassen wir viele Sätze weg, haben wir eine Kurzgeschichte. Ganz einfach.

Machen wir es NOCH kürzer.

Nehmen wir die Kürzest-Geschichte. Eine Geschichte aus einem einzigen Satz.

Was ist ein ‚Satz'?

Ein Satz fängt nach einem Punkt an und hört mit einem Punkt auf und sollte in der Regel Subjekt, Prädikat, Objekt enthalten.

Geht auch noch etwas kürzer:

„Er aß."

Das ist wohl der kürzeste Satz überhaupt (Imperativ ausgenommen), auch von der Buchstabenanzahl.

Das andere Extrem:

Im Guiness-Buch der Rekorde gibt es einen Eintrag zum längsten deutschen Satz:

Dieser geht über 12421 Wörter und stammt von Manuel Rohland.

(das sind mehr als 20 DIN A4-Seiten, einseitig eng beschrieben mit Schriftgröße 10).

Zitat aus einer Schreibwerkstatt für Autoren:

Kurze Sätze sind klar und verständlich. Das ist ihr größter Vorteil. Man benötigt sie, um Tempo im Text zu erzeugen und für Spannung. Sätze werden vor allem dann kurz, wenn Adjektive, Adverbien, Präpositionen, usw. weggelassen werden. Das Weglassen unterstützt den Tunnelblick.

Schachtel- und andere Langsätze führen zu Chaos, Langatmigkeit, Langeweile, Beschreibung, Ödnis und vielem anderen, was kein Autor wirklich will oder zumindest nur ganz zielgerichtet einsetzt. Lange Sätze können aber (in der Hand eines Meisters) die Schönheit der Sprache ausdrücken. Kurzsätze sind für Sachtext ausgezeichnet geeignet, weil sie eben die Fakten widerspiegeln, die bei Langsätzen eher verschwimmen.

Das Schwierige ist jetzt, genau den Mittelweg zu finden. Kurz genug formulieren, um klar und verständlich zu sein - lang genug, dass es auch schön klingt. Kurze Sätze, um Spannungsbögen anzuziehen und Tempo zu machen - lange Sätze, um Hintergründe zu zeigen und Gefühle widerzuspiegeln. Das Ideal ist ein Auf-und-ab in Perioden, für die man ein Gefühl entwickeln muss. Und dieses Gefühl erlangt man am besten durch lautes Vorlesen. Wer sich vor Zuhörern in seinem eigenen

Text verheddert und den Sinn nicht mehr versteht, schreibt künftig klarer.

So viel zur Theorie.

In der Novelle „Der Auftrag oder vom Beobachten des Beobachters" hat Duerrenmatt den Nebensatz zum Konstruktionsprinzip gemacht.

Jedes Kapitel besteht nur aus einem Satz, wobei der längste elf Seiten umfasst! Damit zwingt der Autor den Leser, genau zu lesen.

Oder auch moderne Autoren wie Max Goldt:

Ob er mich geweckt habe, fragte am Telefon der Freund mit einem Deut gezierter Anteilnahme zur Mittagszeit, nachdem wir einen Abend bei mir zusammengesessen hatten, den zu kennzeichnen er den Begriff „Gelage" wählte, was ich zu dramatisch fand, denn, so erklärte ich ihm, zu zweit innert sechs Stunden drei Flaschen Wein zu leeren, sei durchaus europäisch maßvoll, mit anderen Worten, ich sei schon länger auf und guter Dinge.

Auch Thomas Mann oder Robert Musil lieben solche langen Sätze.

Doch zurück zu unserem Kürzest-Krimi. Ein Krimi in einem einzigen Satz.

Ein Beispiel einer Beziehungstat:

In dem Moment, als das Bremspedal auf den Wagenboden durchschlug, wurde ihm klar, wie das süffisante „Lebewohl" seiner Leider-immer-noch-

Gattin nach dem lieblos-obligatorischen Abschiedskuss vor ein paar Minuten gemeint gewesen war.

Wir wissen, wer wen umbringt, erfahren auch wie und können auch ein Motiv erkennen.

Ein weiteres Beispiel:
Der Zug an der Reißleine brachte einen verstümmelten Wust von dünnen Seidenfetzen zutage, und ihr wurde schlagartig bewusst, dass die Eifersucht ihres Freundes auf die kleinen Flirtereien mit dem Piloten viel ernster war, als sie bisher angenommen hatte.
Hier ist alles in einem Satz vorhanden: wer war es, wie, wer ist das Opfer und auch das Warum.

Ein weiteres Beispiel - kein Verbrechen, sondern eher ein Unfall:
Der Ferrari vor ihm krachte mit 320 Stundenkilometern in die Reifenstapel und katapultierte den abgerissenen linken Hinterreifen direkt in die Scheibe seines Cockpits.

Oder auch mal ohne Leiche – dafür aber schon ein Ausflug in die längere Version:

Ganoven-Ede hielt die Bankbeamten hinter dem Tresen mit seinem Revolver in Schach, bis er seine Kalaschnikow aus dem Geigenkasten hätte holen sollen – nur war das Instrument, das er darin fand, nicht für seine Zwecke geeignet und er dachte mitfühlend an seinen kleinen Sohn, der wohl in diesem Moment ziemliche Probleme hatte, seinem Musiklehrer die Situation zu erklären.

Hier ein paar Beispiele, die bei einer Lesung von den Zuhörern geschrieben wurden:

Als Hans des Nachts heimlich durch die Wohnung schlich, um diese zu verlassen – zwecks Besuch seiner Geliebten, fiel von oben, von der Fensterbank des ehelichen Schlafzimmers, ein Ziegelstein herunter, nachdem er aus der Haustür trat.

Von: Karlheinz

Als Fred den bitteren Geschmack seines letzten Schluck Bieres bemerkte, wurde ihm klar, dass der Satz: ‚Das macht doch gar nichts', seines Tischnachbarn, nachdem er zum zehnten Mal an den Tisch getreten und Gläser und Flaschen zu Fall gebracht hatte, gelogen gewesen sein musste.

Von: Anonym

‚Ich liebe dich', sagte der Kaktus, als er den Luftballon mit einem gehässigen Grinsen umarmte.

Von: Anonym

Wie diese versehentlich falsch gemischte Chemikalie in die Wasserflasche meines Professors kam, konnte ich mir auch nicht erklären, aber meine Kommilitoninnen stimmten mir zu, dass der Neue einen knackigeren Po hat und die Vorlesungen plötzlich gut besucht sind.

Von: Marion

Cyana, die Apothekerin, hasste ihren Mann für seine unzähligen Auftritte in diversen Nachtcafés und dennoch wünschte sie sich, dass er ihr das Stück ‚Der letzte Tango' auf seiner Klarinette vorspielte, auch wenn er zunächst den leichten Bittermandelgeschmack auf dem Rohrblatt nicht bemerkte.
Von: Alex

Erst als ihm die Flasche aus der Hand glitt, bemerkte er, dass der Totenkopf mit ‚Selbstgebrannter' überklebt war.
Von: Anonym
Rumpeldipumpel – weg war der Kumpel!
Von: Friedrich

Haben Sie Lust bekommen? Schreiben Sie Ihren eigenen Ein-Satz-Kurzkrimi und schicken Sie ihn mir (Kontaktformular auf www.heidi-moor-blank.de).

_____

_____

_____

_____

_____

_____

_____

_____

Die Autorin

Ich lebe und arbeite in Landau in der Pfalz, hier bin ich auch geboren und zur Schule gegangen. Schon damals stand unter meinen Aufsätzen „Sehr schön, aber viel zu kurz!" Ich schreibe heute noch kurz: Kurzgeschichten! Schnell beim Thema, schnell zu Ende.

Knackig.

Meine Arbeit in einem Softwarehaus steht eigentlich im krassen Gegensatz zu meinem mörderischen Hobby. Aber es gibt eine große Gemeinsamkeit: Logik!

Ich bin seit der Jahrtausendwende Mitglied der ‚Mörderischen Schwestern‘, einem Netzwerk von Krimiautorinnen. Seit dieser Zeit habe ich einige Kurzkrimis geschrieben und veröffentlicht - der komplette Roman muss noch warten.

Mein zweites großes Hobby ist das Theater, seit vielen Jahren spiele ich bei der „Kleinen Bühne Landau".

Den Rest meiner Freizeit verbringe ich sehr gerne im oder unter Wasser.

Foto: Michael Strubel